三

時鏡

第六十三章　講和

次日一早有大朝。

下朝後時辰還早，謝危被吏部幾位官員拉著說了一會兒話後才得脫身，略一思量便準備去趟國史館。

沒想一抬頭看見皇極殿臺階下兩道身影。

左邊那人面容端方，同右邊人說話時面上掛著點不經心的笑，正是如今的刑部右侍郎陳瀛。右邊那人卻有些面生，穿著玄黑的官袍，五官端正，滿面清冷，垂眸斂目，竟給人一種寡淡冷刻之感。

謝危順著臺階走下去，陳瀛便也看見他了，於是一笑，只同右邊那人道：「此事一會兒我回刑部衙門再議吧。」說完向謝危走來。

謝危則朝陳瀛身後看了一眼，意外瞧見那人也轉過臉來看了自己一眼，向自己微微頷首。他頓時微怔，雖不知此人身分，卻也跟著頷首還了一禮。

陳瀛在謝危面前站定，躬身拱手一禮：「聽聞這幾日謝先生事忙，還要在宮中教長公主殿下，陳某都不敢貿然登門拜訪，也不知您何時能留出空來？」

謝危卻道：「剛才那人是誰？」

「剛才？」

陳瀛下意識回頭望去，方才與自己說話那人已轉身向著宮門外走去，兩手交疊在一起都攏在袖中，一身清正，真是半點也看不出是個如今處處被錦衣衛那邊針對著的人。

他提起這人，聲音裡添了幾分玩味。

「前不久調來的江西清吏司主事，姓張。」

謝危如今雖是虛職，可畢竟在皇帝內閣中，朝野上下大部分的事情都會從他手中過一遍，雖不說什麼翻手為雲覆手為雨，可樁樁件件基本都有個印象。

陳瀛一說他就想起來了。

只因那調任的票還是他擬的，於是道：「那個彈劾了周千戶的張遮？」

陳瀛打量著謝危神情，笑道：「正是此人。謝先生是不知道，這人頗有一番硬本事，刑獄之事乃是極通，律法條條皆在心中，只是脾性又臭又硬，也不大合群。他才調到清吏司沒幾天，錦衣衛北鎮撫司那邊已擺了好幾回的宴請我去了。陳某如今正拿不下主意呢，謝先生您看？」

這張遮本是刑科給事中，一朝彈劾了周千戶，開罪了錦衣衛，沈琅在內閣裡對著其他幾位大學士曾罵過此人不懂變通，淨給他找麻煩。

畢竟錦衣衛只為皇帝辦事。

但即便如此上火，沈琅也大筆一揮調他去了刑部清吏司，從七品到六品，雖是明升暗降，可也沒就此罷了此人的官，可見還是有些聖眷的。

另一則……

謝危眸光微微一閃，看著陳瀛道：「刑部鄭尚書年事已高，去年便向聖上遞過了乞休的摺子，只是被聖上壓了下來，說鄭尚書若是致仕一時也找不到合適的人掌管刑部。但今年河南道監察禦史顧春芳任期將滿，正是此人一力保舉，張遮一介幕僚刀筆吏出身，方得入仕。酒是得吃的，宴也是得去的，事要怎麼辦，卻得你自個兒掂量。」

陳瀛心頭頓時一凜。

他聽出了謝危言外之意，只道顧春芳過不久就要成為自己頂頭上司，張遮怕不能動，再想自己先前盤算的計畫，不由倒吸一口涼氣，又向謝危一拜：「多謝先生指點。」

謝危卻淡淡的，只道：「近日事忙，過幾日你再來訪我吧。」

陳瀛道：「是。」

謝危便不再多言，別過陳瀛，背過手轉過身，逕自往武英殿的方向去。

國史館隸屬翰林院，設在武英殿東西廊房，主要負責纂修國史，為功臣列傳。

早朝剛下，眾纂修官都在廳裡喝茶。

一般而言此刻都會議論些朝上發生的事情，或者各地來的趣聞，若雅興來了還吟吟詩、談談文。

只是今日不同以往，氣氛有些難掩的壓抑。

國史館總纂張重看著置於案上的那八本《女誡》，一張臉緊繃起來漲成紫紅，待伸手翻了最上面那本竟還沾了泥汙像是被人扔到地上過，眼底更是冒出火來。送書來的小太監都不免縮了縮脖子。

下一刻便聽見重重一聲響，竟是張重用力地一拍桌案站了起來，大聲質問：「反了，反了！誰人吃了豹子膽連本官下發的書都敢扔，還敢送回到本官面前來！」

他話音方落，國史館外頭傳來一聲笑：「張總纂息怒。」

國史館中頓時一靜。

張重聽見聲音轉頭向門外望去，看見謝危走了進來，不由將方才的狂怒斂了幾分，卻依舊沒什麼好口氣：「少師大人來得正好，看看奉宸殿那幫女學生，不尊師不學書，無法無天，也不知誰給的膽子！」

謝危朝他面前那八冊《女誡》看了一眼，眉梢微微一挑，便在那一溜圈椅的上首坐了下來，平靜地看著張重道：「真是歉疚，這膽是謝某給的，書也是謝某扔的，沒想張總纂這般生氣，倒令謝某有些惶恐了。」

什、什麼……

張重只覺得腦袋裡「嗡」地一聲，幾乎不敢相信自己聽到了什麼，待這話在腦海裡轉過三遍明瞭意思後，再看眼前謝危這張平靜含笑的臉，只覺一陣心慌意亂，背後汗毛都隱隱豎了起來，腿腳發軟，身形一晃，差點沒能站穩。

正在殿上講《詩經》的是趙彥宏，姜雪寧在下面聽著，卻有些心不在焉。

昨日謝危走後，整個奉宸殿裡都有些古怪。

下一堂是國子監算學博士孫述教她們算學，此人年紀偏輕，資歷相較其餘的幾位先生也是最淺，但許是正因如此，他的態度最為謙和，講學也力求能讓眾人聽懂，算得上有問必答，總算讓被其他先生膈應了幾日的姜雪寧對宮中伴讀這段日子找回了一點希望。

只是下學後眾人便吵了起來。

一切都因為昨日謝危講學前竟把張重先生發的《女誡》給扔了，且還叫她們都扔掉。

姜雪寧那本是謝危扔的，不算數。

長公主那本卻是實打實自己扔的。

餘下的七位伴讀當時都未有舉動。

她們中膽小如姚蓉蓉者，為此提心吊膽說：「謝先生都叫扔了，長公主殿下也扔了，我們卻一動不動，這、這會不會有些不好？」

陳淑儀當即譏諷她：「當時妳怎不扔？」

姚蓉蓉便憋紅了臉不敢再說。

周寶櫻卻是眨巴眨巴眼：「我也想扔來著，可看妳們都沒扔，舉起來又放回去了。」

陳淑儀冷笑：「寶櫻妹妹也想忤逆禮法？」

眾人都聽出她言語不善。

蕭姝在旁邊有半天沒說話，聽著陳淑儀口氣這麼沖，卻是少見地皺了眉，竟轉頭問姜雪寧：「姜二姑娘怎麼看？」

姜雪寧可沒想到蕭姝竟會來問自己，也不知她是什麼目的，但反正她書都被謝危扔了，有鍋也是謝危背，所以便如實道：「想扔就扔，不想扔便留著唄。」

謝危不也懶得管嗎？

她這般回答相當於沒回答。

蕭姝便深深地看了她一眼，回頭對眾人道：「奉宸殿講學乃以謝先生馬首是瞻，其餘幾位先生學識雖厚、資歷雖老，在聖上那邊卻是連名姓都記不住。謝先生最初擬定的書目中亦無《女誡》一書，論理乃是張先生擅作主張。我等原本不知也就罷了，如今知曉便當有所改過。且我等本為長公主殿下伴讀，連殿下都扔了，我等伴讀卻隔岸觀火，知道的說是我等為殿下伴讀，不知道的怕以為是殿下為我等伴讀。」

陳淑儀萬沒料到蕭姝竟會說出這話，霍然起身：「阿姝竟也是贊成扔書嗎？可我當時見著妳端坐一旁，倒未有半分舉動，如今卻來分析利弊，實在叫人驚訝。」

蕭姝卻不動怒，只道：「我不過是覺得扔書一舉略顯失禮。」

姚惜試探著問道：「那以蕭姐姐的意思是？」

蕭姝道：「我們都不過是入宮來伴讀的，朝中關係牽一髮動全身，太過開罪先生也不好，更不用說是扔書之舉。我看不如將書集了，著人送還給張先生。張先生不問無妨，若是問起，也是謝先生授意，算不得我等不尊師重道。只是不知妳們意下如何？」

這是挑了個折中的辦法。

蕭姝先前一番話便已講過了箇中利弊，原本猶豫的眾人基本被她說服，都點頭同意。

唯獨陳淑儀嘴角噙著冷笑，看著蕭姝不說話。

到最後眾人返回奉宸殿中將外頭扔掉的書和案頭上擺的書都收了，陳淑儀也未加入，是以最終派人送還國史館張重的《女誡》僅有八本。

陳淑儀那本依舊擺在案角。

也不知那張重收到書之後是什麼臉色？

姜雪寧一走神想到這裡時，朝著前方陳淑儀的位置看了一眼，又移開，目光往回垂落到翻開的《詩經》上。

今日學的是《伐檀》。

她盯了半晌，卻想起自己昨日說出「恭送」那一句時謝危變幻的神情，只覺有些迷惘茫然，眨了眨眼，抓起旁邊擱著的羊毫小筆，筆尖蘸上一點墨，趴下來，順著詩句，一格一格，把所有字裡帶有的方框都塗黑。

等她從《伐檀》塗到《山有扶蘇》，趙彥宏終於講完了，雖還未到下學的時辰，卻擺擺手叫她們休息，自己收拾了東西便走。

他一走，周寶櫻便跳了起來去喊方妙：「快快，下棋下棋！」

方妙無語凝噎，嘆了口氣擺上棋，卻無論如何也不想再下了，只拉其他人：「妳們來，妳們來，妳們陪她下！」

周寶櫻急得跺腳：「下一堂又學琴，謝先生一向來得早，妳們抓緊嘛！」

眾人看得發笑。

終究是蕭姝發了善心，坐下來陪她下。

沈芷衣這兩日觀她們下棋也看出點意思來了，看兩人擺開了架勢，便要招手叫姜雪寧一起來看，只是轉頭看她時卻覺得有些不對。

旁人桌上都擺著琴，她桌上竟空蕩蕩。

她走過去，納了悶：「寧寧，妳莫不是記錯了，今日謝先生是要教琴的，妳那張琴呢？」

姜雪寧還翻著《詩經》在那兒塗格子，聽見沈芷衣此問也是有些口裡發苦，一時竟不知該怎麼回答：說自己初時偷懶不想搬來搬去索性把琴留在了謝危那兒，後來又怒極上頭乾脆連琴都忘了？

捏著細筆的手指頓住。

一點墨跡在指尖染開，她卻還怔怔捏著，沒放開。

謝危從國史館來，一路上腳步卻是有些慢，順著臺階走到殿門外，朝裡一看，就發現那少女捏著筆坐在那兒，一本翻開的《詩經》上所有帶著方框的字都被塗了一遍，目光便不由在那書頁上多停了片刻。

淘氣到底還是有的……

他擺手阻止了沈芷衣向自己行禮，只走到姜雪寧書案邊去，話在喉間滯得一滯，終還是出了口：「今日學琴，姜二姑娘的琴卻還在偏殿，若此刻無事不如同謝某過去取回。」

嗓音放得有些軟。

姜雪寧轉頭才看見謝危：該是剛下朝，朝服還未換下，一身玄黑作底、雲雷紋滾了衣袂角邊的身衣，束了腰封，掛了玄色印綬，罩玄黑外袍，是一種說不出的風儀威重，竟一下讓她覺著是看見了上一世的謝危。

但他目光落在她身上，卻甚為平和。

姜雪寧慢慢把筆放下，站了起來，有心想要拒絕。

可謝危沒給她拒絕的餘地，只道：「隨我來。」

那終究是燕臨送給她的琴，姜雪寧立在原地猶豫了片刻，終究還是跟上了謝危的腳步，默不作聲地走在他後面，經過幾道廊柱，去往偏殿。

此刻沒太監伺候。

謝危上前推開了門，回頭一看卻見她立在門口，便想起她第一次到偏殿來時也是如此，有心要說話，可話到嘴邊又咽了回去。

他走了進去，把掛在牆上的兩張琴都取了下來。

這時姜雪寧才挪著步，走入偏殿。

她認得蕉庵的琴囊，見謝危將琴取下置在書案上，只低低道一聲「有勞謝先生」，便想上前抱了琴走。

沒料想謝危看她一眼道：「妳道我真是帶妳來取琴？」

姜雪寧動作便一停。

謝危瞥見她指尖那一點染汙的墨跡，眉頭輕輕一蹙，便指了旁邊盛著水用以淨手的銅盆：「那邊。」

姜雪寧順著他目光才瞧見自己手上不知何時沾了墨，再一看那琴囊，便知謝危是叫她去洗手，心底悶了一口氣，但也不願同他多言，便走過去將一雙手按進水裡。

那墨跡粘稠，沾上難洗。

姜雪寧面無表情地洗了一會兒才把手從水裡提出來，抬頭卻發現架上沒掛著巾帕。

謝危身量甚高，全程斜靠坐在書案邊沿上看著，此刻只拿起案上一方雪白的錦帕遞了過去，一如那日在層霄樓下遇襲的時候。

姜雪寧默不作聲，接過來擦手。

謝危直到看她擦完了才向她伸手，把那方錦帕接回來，順手疊成整齊的一方，擱回案上，輕輕用手指尖壓了，轉過頭注視著她，嘆了口氣道：「還生我氣呀？」

第六十四章　下不為例

謝危也是拿她沒什麼辦法，聲音裡添了幾許無奈。

之前是在氣頭上。

可待這兩日冷靜冷靜，姜伯游與燕臨當初的懇求與託付便又浮上心頭，且他還是應承過的，只因貓兒這般些許的小事，便對她一個未滿雙十的小姑娘疾言厲色，傷她顏面，終究過分了些。

更不用說還是他武斷在先。

有些小性子的姑娘都得哄著，約莫是吃軟不吃硬的吧？

謝危打量她神情，卻見她有些驚訝地抬眸看了他一眼，彷彿不大敢相信這樣的話竟會從他的口中說出，但也只這一瞬的情緒洩露，下一刻便全斂了進去，垂首道：「先生言重了，學生不敢生先生的氣。」

姜雪寧是原本就不想與謝危打交道，上一世此人給她留下的印象實在太壞，這一世意外有了更多的接觸，也本非她能控制。

理智告訴她，離得越遠越好。

昨夜她回去想過，儘管謝危扔了《女誡》，與其他先生確非一丘之貉，她也有心要為自己辯解並非無故不聽張重講學，可冷靜下來想，誤會未嘗不好。

省得謝危老拎她在身邊看著。

受點氣就受點氣吧。

所以她照舊擺出了一副拒人於千里之外的態度，轉身便從謝危近旁的案上斜抱了琴，要告辭離去。

少女的身量已如抽枝的嫩柳，纖細柔軟，一襲淺紫留仙裙，垂落的裙裾隨腳步輕輕晃動，姿態裡竟有了幾分自然的嫻雅。

與當年上京時候天差地別。

按理說，謝危不該想起的，可這一時她抱琴而起的姿態，卻奇異地同他記憶裡那無法磨滅的一幕重疊。

深山月明，荒草叢生。

那深暗幽魅的樹影裡隱隱傳來山魈的夜號，樹葉經年堆積在泥土上的腐爛氣息與周遭草木的氣味混在一起。

他燒得厲害，病得昏沉。

靠在那幾塊山石下，幾乎就要睡過去。

可這時候卻有深一腳淺一腳的腳步聲慢慢傳了過來，伴隨而來的還有嘶啞裡藏著難掩振奮與激動的聲音：「村子！轉過前面兩座山就有村子！我跑到前面去看到炊煙了！」

謝危不大想睜眼。

那腳步卻來到他身邊，聲音也來到他身邊，有人用力地搖晃著他：「我們很快就能走出去了，醒醒，你醒醒，不要睡過去！」

謝危又覺得她聒噪。

然而那小丫頭見他不醒，卻惶然恐懼起來，膽小地哽咽，聲音裡都帶了哭腔：「你不要睡，婉娘說這樣會醒不過來的。你死了我怎麼辦，我好怕死人……」

謝危還當她或許擔心自己，沒料想是怕他死了嚇著她。

那時候便想，遇到山匪奪路而逃她不怕，奔走荒野山魈夜號她不怕，身陷險境難以脫困她不怕，區區一個死人有什麼好怕的？

死人可是世上最好的人了。

既不會笑裡藏刀，也不會陰謀詭計。

但聽她哭得真切，哭得越來越慘，他終究還是慢慢地將眼簾掀開了，可燒痛的喉嚨裡先前吞咽下去的血腥氣卻直往上竄，一句話也難說出。

那小丫頭眼睛睜得大大的，還掛著淚痕。

見他沒死，一怔之後才高興起來：「沒死就好，沒死就不嚇人了。」

那時他雖未顯赫，可明裡是年少成名的探花及第，為朝廷辦事；暗裡在金陵多有布局籌謀，背後由天教支撐。

不管在哪一邊都不算是小角色。

到這小姑娘的嘴裡，沒死便是最大的作用……

謝危忍不住地咳嗽。

姜雪寧卻朝那山野之中看了一眼，道：「我找不到吃的了，你的傷和病我也看不了了，山上有獵人布下的陷阱，村子裡一定有獵戶，有獵戶就有人能看病看傷。我們現在就走，天亮的時候就能到村子裡了。」

她上前來扶他。年方十五的少女的肩膀，單薄瘦弱，謝危覺著自己一個不小心的傾身，都能將她壓垮。

琴就落放在山石的另一端。

他搖搖晃晃起身，轉眸看了一眼，儘管喉間劇痛，卻伸手一指，艱澀地開口道：「琴……」

那少女卻有些生氣地看著他：「我救你一個已經很難了，帶不了琴！」

謝危不聽，俯身要去拾琴。

那少女似乎終於怒了，搶上一步將琴抱了起來，接著退後了幾步，緊抿著嘴唇，大約是積壓了一路的不滿終於炸了，竟轉過身毫不猶豫就將那張琴往山石上砸去！

「錚——」

弦斷之聲伴著琴身的碎響登時傳來！

山石上摔爛一張好琴。

他幾乎不敢相信她做了什麼。

少女卻凜然地回視著他道：「人都要死了還惦記無用之物，你這樣的人就不配活著！」

那一夜的霜月皎潔，照在她身上如落了層雪。

謝危是從屍山血海裡爬出來的，二十餘載都要費盡心機才能夾縫得生，卻是第一次被人砸了琴，還被罵「不配活著」。

真是前所未有之事。

後來他們真的到了那村落，僥倖又遇著姜伯游那邊派來找尋的差人，這才得以真正脫險。

只是京中奪位之爭正暗潮洶湧，朝野上下劍拔弩張，他暗中行事連休息的時間都少，往這利祿場上一紮大半年。

待沈琅名正言順登基，大局落定，他才終於有閒暇。

一日，登門造訪姜府。

可在經過回廊時，竟見著那已換上一身錦衣的小姑娘把個不比她大多少的小丫頭踹倒在花架下，神情裡刁鑽刻薄，甚至透出點偏執的惡意……

真是陌生極了。

謝危忍不住去回想當日祕密上京途中的種種，卻是越想越覺遙遠，恍恍然只如一夢，讓人懷疑那些事是否真的曾經發生。

他曾對姜伯游提過幾句，可姜伯游卻因對這流落在外受盡了苦的嫡女有愧，不好對她嚴加約束。

更不用說她後來搭上了燕臨。

少年人年輕氣盛不懂收斂，更不知過猶不及的道理，一意縱著她胡鬧跋扈。京中繁華，終究害人，慢慢便把那一點舊日的影子和心性都磨去了。

謝危就很少再想起那些事了。

只有極其偶爾的時候，它們才會在不經意間冒出來。

可也不會有太深的感觸。

彼時的少女與後來的少女，儼然已經是兩個不同的人了。

他想，不管是姜伯游的託付，還是燕臨的請求，他都是能夠拒絕的。

可為什麼會答應呢？

也許是想教她吧？有時人難免誤入歧途，但若有人能告訴她什麼是好、如何能好，未必不能重歸正路，重拾本心。

只是這一段時間的接觸下來，親眼所見，親耳所聞，謝危又覺得這小姑娘善心還在，性子雖依舊壞些躁些，比之前些年卻好上很多。

倒令人有些迷惑。

他不知是不是如姜伯游所言，都是燕臨教她；也不知是不是她自己長大了，曉事了。但總歸沒他想的那樣壞。

指尖壓著的那方浸了水跡的錦帕微涼。

謝危撤回了手來，看她轉身要走，便心軟下來，道：「也罷，是我不問緣由便誤會妳在先，妳生我的氣是應該。」

這是，認錯？

姜雪寧簡直驚呆了，微微睜大了眼回頭看著他。

謝危朝她一笑，眼底沉黑，卻有些星辰的寥落：「何況，該是我欠妳的。」

該是我欠妳的。

這句話說來很輕，落下時卻有沉甸甸的重量。

姜雪寧被他這句話壓得心底悶悶的，只想起前世的一樁樁，一件件，竟覺得又是荒謬，又是悵然：何止欠我，你謝危欠我的可太多了。

她想直接告辭離去。

可這一刻腳步卻跟定在地上了似的，很難邁動一下：眼前這個謝危實在有些顛覆她對此人的認知……

他是披著聖人皮的魔鬼，閻羅殿裡來討債的羅剎。

縱然人人說他平和溫良，君子器宇，她也不相信半個字。

可此刻他溫溫然望著她，向她認錯。

是她瘋了，還是這世界瘋了？

又或者——是她從來不曾認識真正的謝危？

謝危卻以為她是被自己說動，便起身走過去，也把自己那張琴從牆上取了下來，同她解釋：「那國史館總纂張重之所為，我起先不知，所以先入為主，以為妳頑劣不懂事，不思上進。昨日見著那書才知道他擅作主張。我知妳不喜，也知此人陽奉陰違，所以往後他不進奉宸殿，不講學了。」

姜雪寧下意識問道：「他不教了？」

謝危垂了眼簾，只淡淡道：「張重年歲已長，修史已力不從心，再讓他為長公主殿下講學，實在是有些為難他。」

這話說得實在是太隱晦太委婉，若姜雪寧還是個愚頑不知事的少女，或恐都要以為是張重自己厭煩了她們不願教她們讀書！

可前日張重才對她發火放狠話呢。

謝危昨日扔了他的書，如今又輕描淡寫地說這人不會來了，想也知道是張重開罪了他，沒落著好！

但……竟然有點高興？

那老頭兒若不教她們，可真是太好了！

姜雪寧咬了咬唇，覺著自己已經想好了要與謝危劃清界限，可這一時唇邊依舊有點壓不住的弧度彎起來。

謝危頗有耐心地看著她：「這下錯我認了，張重也不來了，且我錯怪了妳，妳也抱了貓來嚇我，總該算是扯平，總該消氣了吧？」

聽上去是這樣……

但姜雪寧只覺這人說話跟哄小孩兒似的，眉頭一皺，便有點要面子：「我才沒有。」

謝危看出她是死鴨子嘴硬，但又知小姑娘總是要臉面，清雋的長眉一揚，便不去戳穿，只道：「只是當時同妳說的話也並非玩笑，有些事莫在我面前胡鬧……」

想著總算將干戈化作玉帛，於是稍稍放鬆了一些。

他說著轉身拎了桌上的壺要給自己倒上半盞茶。

說的大約是他並非怕貓，而是厭惡乃至於憎惡那件事。

只是姜雪寧始終覺得很奇怪。

她目光微微一閃。

謝危這時剛端起茶來喝上一口，剛準備說帶上琴回到奉宸殿正殿去。

沒料想背後忽然傳來一聲——

「喵。」

戰慄與惡寒瞬間爬上！

手一抖，茶盞險些從他指間掉下去，但茶水已是傾了出來，落到書案之上。謝危當真是頭皮都炸了一下，霍然回首看去。

可偏殿內乾乾淨淨，哪裡有半隻貓的影子？

只獨姜雪寧一人站在他身後，若有所思地望著他，然後慢慢勾起唇角，彷彿發現了什麼有趣的事一般，輕輕抬起一手來，虛攥起來跟小貓爪子似的往前點了點，一歪腦袋，饒有興味地道：「是，謝先生不怕貓。可有時候吧，憎恨和害怕，好像不大容易區分呢？」

謝危冷了臉。

但姜雪寧下一刻就放下了手，趕在他發作之前輕快地道：「現在消氣了！」

「……」

謝危攥著那青瓷茶盞，用力之下差點沒給捏碎，忍了忍才道：「我的脾氣並不是寧二姑娘以為的那般好。」

姜雪寧一怔，低垂下眼簾，實難形容心底的感受，再抬首望向謝危時，卻是笑起來，眼底卻多了幾分認真：「謝先生的脾氣是極好的。」

謝危氣笑。

他把那茶盞扔下，拿了錦帕擦手，只道：「妳這般愛作弄人的頑劣性，往後誰能兜得住？」

姜雪寧挑眉，卻哼了一聲：「這就不用先生您擔心了。」

謝危一想也是。

他停下來垂眸看那錦帕上的水跡，笑了起來，到底饒過了她，只抱起那張峨眉，道：

「下不為例。」

第六十五章　陷害

姜雪寧又不傻，作弄人得有個度，何況還是對著謝危呢？雖覺得此人對自己的態度和想像中不大一樣，可她卻不敢因此太過得寸進尺，畢竟她不知道謝危的度在哪兒。

是以乖覺地應了下來，說什麼再也不敢。

謝危也真沒同她計較，只不緊不慢地走在她前面，回了奉宸殿。

眾人三天前都是看著姜雪寧學琴愚頑觸怒了謝危被留堂，如今看她一副低眉順眼模樣跟在謝危後面回來，真跟三伏天裡吃了冰一樣，莫名地渾身舒暢。

想她囂張跋扈時多得意？

有燕臨護著，還有長公主保著，可架不住這位謝先生是當朝帝師，連長公主也不敢開罪的人物，任姜雪寧再厲害，彈不好琴還不是被謝少師治得服服貼貼？

就連樂陽長公主見了都忍不住生出幾分心虛的同情：她知道謝先生於治學上是個嚴謹的人，萬不可能對誰網開一面，寧寧被他拎著單獨學琴，還不知謝先生要如何嚴厲對待，她又會過得多淒慘。

可對此她也無能為力。

此刻便在心裡想：沒關係，沒關係，以後再對寧寧好一點，補償起來就好！

姜雪寧抱著琴從外面走進來，初時還不知這幫人心裡都是什麼想法。

但等到謝危聽得她彈了一聲琴立刻叫她停下，坐一旁靜心不要再彈時，她一掃周遭人的神情，才恍然明白了幾分，這幫人都以為她在謝危那邊混得很慘？

直到下學，她都沒敢再摸琴一下。

結束時候，謝危從她身邊走過，照舊居高臨下地看了她一眼，全無方才在偏殿中的平和與耐心，分外冷淡地道：「學琴，一要戒躁，二要靜心，三要勤練。這三樣妳一樣沒有，自明日起自己每日到偏殿練琴，學不好便不要留下了。」

姜雪寧目瞪口呆。

謝危這人怎麼變臉比翻書還快？

她莫名有一種拍案而起的衝動，然而抬起頭來竟對上謝危一雙含笑的眼，一時怔住，沒反應過來。但謝危留下這話也不再說什麼了，徑直抱琴出了殿去。

見著人走了，殿裡其他人才議論紛紛。

樂陽長公主義憤填膺地走到姜雪寧身邊道：「謝先生要求也太嚴厲了些！他怎麼能這樣說妳呢？」

周寶櫻也鼓著腮幫子點了點頭：「是啊，寧姐姐真的好可憐哦，我們初學琴的時候都是從不會才到會的呀，謝先生好過分的……」

連姚蓉蓉看著她的神情都帶了些同情。

至於尤月陳淑儀等人，雖依舊是惡意未除，總有些冷嘲熱諷，可看著姜雪寧時卻不再是那種眼中釘肉中刺嫉妒得入骨的感覺了。

她們彷彿從這件事上找到了點優越感。

於是看她的目光裡偶爾便帶上一種高高在上的輕視，甚至帶有點玩笑似的虛偽的同情，有許多話也不避著她才講，而是當著她的面轉彎抹角地講出來，算是把往日暗地裡的東西放到了明面上。

就這般持續了幾日。

姜雪寧發現自己雖然時不時要被其他人刺上那麼幾句，且跟其中幾個人依舊有解不開的過節，但被其他幾個人同情著可憐著，竟也能夠以一種怪異的處境融入眾人之中了。

於是她忽然學到了。

薑是老的辣。

狐狸還是姓謝的狡詐。

退一步，讓人以為她處境淒慘，雖然仇恨無法消弭，卻可使原本處處針對敵視她的人放鬆警惕，甚至能讓那些原本偏向中立的人因為同情她而走近她。

不愧是將來能謀反的料啊……

人心玩弄於股掌，還不露半點痕跡。

所以這一日，坐在茶桌對面，喝著謝危親手沏的茶，姜雪寧覺得，她其實在謝危這裡混得有點如魚得水的事情，還是不要告訴她們了。

燕臨縱容她，沈芷衣偏寵她。

這兩人固然都是對她好，可也輕易將她推上風口浪尖；謝危明面上打壓她，苛責她，對她不好，反倒化解了旁人對她的敵意。

那一天後，國史館總纂張重便再也沒有在奉宸殿出現過。

聽小太監們議論，說是告老還鄉了。

教《禮記》的新換了一位姓陳的夫子，喚作「陳籌」，規規矩矩地給她們講書，既不媚上也不欺下，且大約是有張重作為前車之鑒，對著她們是格外地耐心，有問必答，有惑必解。

至於教《詩經》的那位總捧著蕭姝誇的趙彥宏趙先生，沒過兩日也倒了楣。

起因是他留了作業，叫她們寫首五言詩來看看。

下學後姜雪寧便去謝危那邊學琴，照舊是心不靜，被謝危叫了坐在琴邊，發呆時卻忍不住為那五言詩發愁。

謝危便問她愁什麼。

她說了學詩的事，道：「趙先生學識固然好，可旁人的學業再好他也不誇一句，我雖不喜歡陳淑儀，可她詩詞筆墨還真未必差了蕭姝去，趙先生眼裡好像就蕭姝上佳，長公主殿下排第二，旁人就是那野花野草不作數。我頂多讀些文章，不愛彈琴也作不來詩，趙先生本就看我不起，到時勉強寫出來怕是又要貽笑大方……」

謝危看了她一眼，沒說話。

姜雪寧便醒悟過來：「我不是打小報告，也不是要給趙先生上眼藥，這不先生您自己問的嗎？」

謝危莫名笑了起來。

他正拿了鉋子刨那塊挑出來做琴的櫸木，笑過後卻將木與刨都放下了，略一思量，走過去拿起書案上的鎮紙，在原本被鎮紙壓住的幾頁澄心堂紙裡翻了翻，抽了一張出來看片刻，便遞給姜雪寧，道：「這幾句妳拿去，謄抄後只說是妳自己寫的，屆時看趙先生怎麼說。」

接過那一頁澄心堂紙，看見上面那四行詩的瞬間，姜雪寧腦海裡只冒出了上一世尤芳吟同她玩笑時提起的四個字：釣魚執法。

當然這話她不敢對謝危說出口。

何況說了謝危也未必知道。

是以規規矩矩地接了這首詩，過沒兩日上課便拿去坑趙彥宏。

也是那趙彥宏不知國史館總纂張重倒楣的內情，見了姜雪寧謄抄的這詩只瞥了兩眼便道：「光押著韻有什麼用？簡直狗屁不通。尤其『空山不辨花』一句不知所云，前面還在空山一眨眼就『一庭暗』，的確是切了題，有月有山有花有雲有風，可也太不入流！」

那一刻，姜雪寧是同情他的。

因為謝危教琴，就在他後面，那一日又來得巒早，坐在正殿角落裡喝茶，正正好將這話聽了，一副頗為驚訝的神情，忽然道：「趙先生，這詩謝某可否一觀？」

那詩寫的是：

夜月明如玉，空山不辨花；

雲來一庭暗，風去百枝斜。

謝危看了不說話。

趙彥宏還不知自己攤上事兒了，問：「謝先生以為如何？」

謝危將詩稿遞還，神情古怪：「我倒不知這詩原來不入流，有這麼差。」

趙彥宏終於聽出話鋒有點不對來，添了幾分忐忑：「您的意思是？」

「哦。」謝危一副不大好意思的模樣，勾著修長的食指，在自己挺直的鼻樑上輕輕一搭，歉然一笑。「趙先生見笑，此詩實是區區不才在下舊日之戲作，胡亂謅成，上不得檯面，豈敢班門弄斧，肆意評判？」

趙彥宏當時就傻了。

謝危卻演得真真的，面容一拉便看了姜雪寧一眼，道：「想來是寧二姑娘在偏殿裡同我學琴的時候見著，順手『借』走了吧？」

事後倒沒聽說謝危如何。

只聽人說那趙彥宏回去之後飯也吃不下，覺也睡不好，夜裡對著燈盞嘆氣，白天見了人恍惚，第二天便向上頭請辭不敢再教長公主，又自請調了外職，沒遇上合適的缺，從五品的翰林院侍講竟只撈著個六品的閒散朝奉郎，自個兒還格外慶幸。

姜雪寧以為事情就這麼過去了。

沒想到今日一早就聽姚惜、陳淑儀等人議論，說聖上追究此事，發了火，由一個張重一個趙彥宏，牽扯出一干黨附之事，撤了許多人的職，包括原掌院學士在內，卻另任謝危為新的翰林院掌院學士，肅清不正之風。

人人都道謝先生是越發顯赫了。

姜雪寧卻覺得此事從頭到尾都在謝危謀算之中，連奉宸殿講學先生們這點小事都能拿來做出文章，又在朝中上個臺階，到底不可小覷。

謝危坐在茶桌這一頭，待那滾水在壺中浸得片刻，便將壺中水傾入茶海中，而後揭了茶蓋起來，嗅聞蓋上留香，抬眸見她神遊天外，淡道：「這幾日來叫妳靜心，妳半分竅門沒學著，隨時發呆走神的功夫倒越見深厚。到如今我都有些懷疑，寧二姑娘這團敗絮裡說不準沒藏什麼金玉。又瞎想什麼？」

姜雪寧這才回神。

她倒覺著這些天每日正殿裡靜坐一時辰，偏殿裡靜坐一時辰，原本坐下就憋不住躁得厲害，現在能坐下來就開始神遊天外，已經是一種長足的長進了。

可也不敢同謝危頂嘴。

她咕噥：「謝先生高升，多成了掌院學士，比我爹都厲害了，學生替您高興。」

這段日子她嘴還怪甜的。

只是此事於謝危而言卻沒面上那麼簡單。

借奉宸殿中為樂陽長公主講學的這幾位先生清洗翰林院，實在是情勢所迫，便是做得再無痕跡，被有心人注意也難免覺得他工於心計，急功近利。

實是不得已而為之。

若有時間，他可以做得更不著痕跡，可玉如意一案越查越緊，腥風血雨不日便將到來，他再不握著點什麼實在的權柄，焉知不會失去對全域的掌控？

謝危並不解釋，只垂了眼簾，道：「宮中用紙皆有定例，頗有忌諱處。妳那邊內務府送的都是冰翼紙和白鹿紙，前些日我給妳的那頁卻是宮裡澄心堂儲的紙，明日妳來記得帶了放回我處，免得叫人見了生事。」

這樣小的細節他都要注意，也不怕操心太多將來頭禿？

不過姜雪寧也知宮中一言一行都要慎重，腹誹歸腹誹，這件事卻是記在了心裡。

喝過茶，外面有個面生的小太監來給謝危送邸報。

她見那太監似乎有話要講，便躬身辭了謝危從偏殿裡出來。

回仰止齋的時候，只見著慎刑司的人從內宮的方向拖了好幾名塞了嘴的太監經過，個個身上帶傷，奄奄一息，一看便知是受了酷刑，不知要怎麼發落。

姜雪寧便不敢再看，埋頭順著宮牆腳下走過。

山雨欲來的氣息忽然就籠罩了整座宮闈。

但她想仰止齋中都是伴讀，該與如意案扯不上關係。

誰知道就是這一晚，眾人都坐在流水閣裡溫書的時候，一名持著拂塵的太監陰冷著一張臉，竟帶著浩浩蕩蕩一幫人闖進了仰止齋，手一揮便道：「都給咱家仔細搜！」

一幫伴讀大都沒有見過這樣嚇人的場面，一時驚慌失措。

姜雪寧也意外極了。

她可不記得上一世如意案的時候有人來搜查過仰止齋。

還是蕭姝尚顯鎮定，也或許因為姑母便是太后，所以格外有底氣，只向那太監問道：「敢問公公，這是出了什麼事，又是要搜什麼？」

那太監是新任的內宮總管太監汪荃。

他對蕭姝倒是恭敬，還了一禮，笑起來道：「想來諸位伴讀都聽過了風聲，前幾日內務府裡竟有人敢在獻給太后娘娘的玉如意上刻謀逆之言，惹得聖上盛怒，這幾日連番追查，清理了不少人。但也不知宮中藏汙納垢如何，這仰止齋也是宮中一處居所，咱家依聖上口諭與太后娘娘懿旨，例行來搜上一搜罷了，還請諸位不必驚慌。」

話雖是如此說，可他帶來的那幫人搜查時卻不見半分客氣。

瓶瓶罐罐都掀了個底兒朝天。

凡有書籍文字也要一一看過。

姜雪寧瞧著這架勢便是眼皮一跳，忽然想起那頁澄心堂紙還被她壓在匣中，不由有些擔心起來。

沒一會兒眾人的房間都搜過了。

大多都報沒問題。

眾人皆鬆了口氣，只道是此案例行搜查罷了。

可就在她們剛將心放下來的時候，一名搜查的太監匆匆從廊下走來，手中捧了一頁紙，遞到那汪荃的手中，然後附耳上去低聲說了什麼。

汪荃一見那頁紙上之所寫，便道一聲：「好哇！」

他抬起頭來掃視眾人，只問：「哪一位是姜侍郎府上千金？」

所有人的目光瞬間落在姜雪寧身上。

隔了一段距離姜雪寧看不清那太監拿的是什麼，只以為是謝危先前給她的那頁澄心堂紙，便想該來的躲不了，怕要費一番心思解釋。

於是站了出來，回道：「我是。」

那汪荃上下打量她兩眼，冷笑一聲：「好膽子，敢做敢當！來人，把這亂黨給咱家抓起來！」

亂黨？

姜雪寧瞳孔劇縮，一時沒反應過來，已被兩旁的小太監按上來扭住了手。

她不敢相信：「公公血口噴人，臣女如何成了亂黨！」

汪荃只將那頁紙向她一翻。

哪裡是謝危那頁澄心堂紙？

是一頁在宮裡再常見不過的白鹿紙，上頭用筆寫著兩行字：

三百義童，慘死何辜？

庸帝無德，敢稱天子！

這一刻姜雪寧遍體生寒。

仰止齋裡人影幢幢，燈火煌煌。

她轉過臉來，看著昔日與自己同為伴讀此刻也同立在此處的其他人，竟覺得來搜查的那些太監們提著的燈籠太晃眼，照在她們的臉上，都一片模糊，叫她看不分明瞭。

第六十六章　據理力爭

她是真沒想到，會有人將這種後宮爭鬥中最陰私最下作的手段，用到她的身上。

上一世姜雪寧出嫁便是臨淄王妃，沈玠後宅中也乾淨，入宮初期，她地位穩固，執掌後宮，誰敢害到她面前來？直到後來蕭姝入宮，她才真正開始面臨強有力的危機。

可后位之爭從來都不是後宮之爭。

她與蕭姝都知道後宮這點手段影響不了大局，很不入流，所以爭鬥角力的重點都放在前朝，沒有那些小手段陰損毒辣，卻更為腥風血雨，更為殘酷。

卻沒想，上一世沒有經歷過的，這一世都給她補上了。

姜雪寧忽然覺得嘲諷至極。

但轉念一想，旁人想要害妳，自有千萬般的手段害妳，想沒想到，這一遭劫難都是會來的。

身陷於突如其來的危局中，她身上反而沉下來一股極致的冷靜。

姜雪寧收回了那掃視眾人的目光，望向了拿著那頁紙的汪荃，道：「這不是我的東西。」

汪荃一聲冷笑：「從妳屋裡搜出來還不是妳的？」

姜雪寧淡淡道：「若以汪公公此言，我屋子在宮內，這一頁紙是從我屋裡搜出來的，便是從宮裡搜出來的。該算在誰頭上？」

「強詞奪理！」汪荃沒想到她死到臨頭了竟還變得伶牙俐齒起來，當即大怒，「我看妳是不見棺材不掉淚！今日非要叫妳知道知道宮裡不是妳能肆意胡為的地方！把她押走！」

姜雪寧卻忽然冷聲質問：「你有什麼資格押走我！」

周圍所有人初時都是有些驚嚇，聽見姜雪寧這一句竟是公然與汪荃叫板，都不由露出驚恐的神情來，以為她是瘋了：汪公公可是內宮總管啊！

汪荃自己也沒想到她竟說自己沒資格，不由輕蔑地笑一聲：「此次搜查乃是太后娘娘下的旨，早說過了宮中可疑人等一律抓起來！別廢話，先押她回慎刑司，等太后娘娘明日處置！」

姜雪寧卻道：「我不是宮裡人。」

她的聲音太過冷靜太過平淡，以至於帶了幾分攝人的森然，本要將她押走的小太監們都是一愣。

汪荃也懵了。

姜雪寧定定地看著他道：「我入宮是為長公主殿下伴讀，是朝廷三品大員姜伯游家的嫡次女，既不是妃嬪，更不是宮女，慎刑司要押我，我一介弱女子自難反抗。但也請汪公公掂量清楚，若事後證明我清白無辜，卻偏在慎刑司中有什麼三長兩短……」

慎刑司她怎能不知道呢？

活人進去交掉半條命。

如今連自己的屋裡都搜出「反賊」的東西來，等進了慎刑司，天知道會是什麼光景！若受點傷，破點相，便是安然出來又找誰去說理？

所以此地她是萬萬不能去的。

汪荃在這宮中也算是浸淫多年了，幫宮內不少說得上話的主兒辦過事，有些手段他心知肚明。

只是新官上任三把火。

好不容易等到內務府那幫人倒楣了，輪到他上位，便想借此機會在太后娘娘面前好生表現一番，是以才搞出這麼大的陣仗。

但姜雪寧說得對。

這可不是一點背景都沒有的宮女太監，而是戶部侍郎的千金。

她要真是逆黨那沒什麼好說的，扔進慎刑司也就扔進慎刑司了，可萬一這背後是神仙打架，他卻二話不說把姜雪寧關進去了，出個萬一，神仙們高高在上不會出事，要背鍋的可是他自個兒！

汪荃也不傻，腦筋一動便也轉過彎來了，只瞇起眼睛來看姜雪寧，像條蛇似的。「好！

咱家為太后娘娘辦了這麼多年的事兒，還是頭一回見著姜二姑娘這樣的硬骨頭！這可是妳自己說不願去慎刑司的，又覺著咱家沒有處置妳的權力，那咱家便對不起了。」

他一擺手，竟叫人將姜雪寧鬆開了。

姜雪寧站著不動。

汪荃又一招手，點了旁邊一名小太監來，道：「去，給慈寧宮那邊通傳一聲，就說搜著逆黨證物，人是給長公主殿下伴讀的，卻負隅頑抗，不肯暫就慎刑司羈押，請太后娘娘裁奪。」

小太監領命急匆匆奔了出去。

汪荃便意味深長地一笑，走進來竟在左排一把圈椅上坐下了，掃看周遭花容失色的眾伴讀一眼，只道：「諸位也別害怕，都坐下呀。」

眾人哪個敢坐？

聽了汪荃這話非但沒坐下，反而在這堂中立得更規矩，頭也埋得更低了。

唯獨姜雪寧搭下眼簾，面無表情，輕輕一拂方才被人抓皺的袖子，直接在汪荃對面坐了下來。

眾伴讀簡直目瞪口呆。

方妙眼皮跳個不停，只道姜雪寧今日別是吃錯什麼藥了。

姜雪寧卻沒看她們一眼，甚至還端起先前沒喝完的一盞茶來，從容地飲了小半盞。

過了不到兩刻，先前去的那小太監便拚命似的跑了回來，氣喘吁吁道：「汪公公，太后娘娘有話，著您立刻押人往慈寧宮，娘娘要親自詢問。另外仰止齋中伴讀都要跟隨前去，以備太后娘娘訊問。」

汪荃便道一聲：「好。」

姜雪寧這時才抬起頭來看了一眼其餘眾人：她們一聽說自己也要去慈寧宮受詢，大多驚慌起來，膽小者如姚蓉蓉、尤月瑟瑟發抖，幾乎站立不穩；姚惜、方妙等人也是面露忐忑，強作鎮定；唯有蕭姝，照舊是所有人中最鎮定的一個，聞言只是輕輕皺了皺眉。

汪荃這時候倒對姜雪寧禮遇半分了，還朝她擺手，卻是皮笑肉不笑：「姜二姑娘，請吧？」

姜雪寧心想，兩刻也差不多了。

她放下茶盞起了身，也不用兩旁來人押著，自己便抬了步邁出門去。

天色已暗，宮中各處上了燈。

然而一點人聲都沒有。

一行人走在路上顯得壓抑而死寂。

此刻的慈寧宮中卻已燈火輝煌，正殿高處坐了面容發冷的蕭太后，聞訊而來的鄭皇后低頭坐在她下面，時不時抬起頭來向宮門外望去。

鄭保則垂手立在她身後。

終於，人來了。

若忽略略顯肅殺恐怖的氣氛，此刻的場面與姜雪寧等人剛入宮時來請安實在看不出什麼差別。

眾人齊聲請安下拜。

蕭太后卻是滿面陰沉，連蕭姝她都沒叫起，只向下面汪荃伸手。

汪荃便立刻躬身上來，將那一頁從姜雪寧房中查出來的「逆黨之言」遞至她手中，稟道：「奴按太后娘娘懿旨，在宮中清理搜查，尤其是近來入宮之人，今日查到仰止齋時，便從姜二姑娘的房中搜出了此物，壓在書案上一本書裡，若非仔細翻找，只怕放得隱蔽也未必能發現。」

這幾日來，蕭太后對這紙上所言已經不陌生了。

她沒有與上次乍見玉如意一般盛怒。

但這種平靜往往意味著更多的危險。

她甚至還笑了一聲，只道：「妖言惑眾都惑到宮裡來了，了不起。姜雪寧，哀家問妳，還有什麼話想說？」

老妖婆還跟上一世一樣不問青紅皂白就給人定罪。

姜雪寧熟知她德性，實在不覺得意外，只不卑不亢地再行一禮，道：「臣女不過閨閣一小小女子，怎會與亂黨有所勾結？且這紙上字跡分明不出於我手，今日臣女在奉宸殿中所寫之字，可用以對照。請太后娘娘明察，臣女雖不知這一頁紙是如何到了臣女房中，可絕非臣女所為。」

蕭太后道：「妳倒推得乾淨。」

姜雪寧道：「清者自清，臣女無愧於心。」

「……」

蕭太后忽然發現，這姑娘此刻的姿態與她第一次入宮來請安時，可十分不一樣。

她掐著那一頁紙，目光卻沉了下來。

停頓了有一會兒，才道：「妳父親是姜伯游？」

姜雪寧看著蕭太后這架勢便知不對，心頭一凜，答道：「是。」

蕭太后便道：「那你們姜府與勇毅侯府該走得很近，交情不錯吧？畢竟空穴不來風，妳同燕臨就差談婚論嫁了。」

姜雪寧悚然一驚！

她霍然抬首直視著蕭太后，卻清楚地看見了她眼底驟然劃過的狠辣！

蕭太后把案前的玉盞都拂了下去，厲聲道：「來人，把她拖下去庭杖，打到她招認為止，看她嘴硬還是杖硬！」

到這一刻，姜雪寧終於確認——

勇毅侯府出事了！

誰人陷害於她尚且不好說，可蕭太后這般作為卻是要將一切與勇毅侯府有關之人都置於死地啊！

老妖婆就是老妖婆！

姜雪寧上一世是死過的，被這連番的事情逼到絕境，反倒豁出去了，再沒有半分的畏首畏尾，竟直接把頭上的金簪拔了下來攥在掌中，冷聲厲喝：「誰敢動我！」

左右來抓她的小太監都被她這聲震得一悚。

再見她那金簪握在手中，前一刻對著他們，下一刻卻比在了自己脖頸，差點沒嚇出一身冷汗！

姚蓉蓉等人更是驚聲尖叫！

諸位原本同她一道來的伴讀幾乎全都慌忙朝後退去！

便連蕭太后都未見過這種悍然場面，受了驚嚇：「大膽，妳幹什麼！」

姜雪寧卻知今日情形已凶險到極點。

這般的境地將她心性中那一股久埋的戾氣全都激了出來，更不用說她上一世便看不慣這老妖婆！

控制著自己僅存的那分理智，姜雪寧盯著蕭太后道：「本朝律令，後宮不得干政！太后娘娘與皇后娘娘固然是六宮之主，母儀天下，可雪寧非宮中之人，若依律令，牽扯逆黨一案，當由前朝來查！且雪寧乃是大臣之女，一應權貴官司要麼報由錦衣衛收入詔獄，要麼告至刑部清查會審。太后娘娘僅憑這一張紙便要對臣女用刑，臣女倒不怕受刑受苦，只擔心太后娘娘落得屈打成招的罵名，使前朝文武大臣不安！」

說這番話時，她手極穩。

那根金簪最尖銳的一端一直對準自己的脖頸，若有人膽敢此刻來靠近她，立時便要血濺當場！

蕭太后經歷過兩朝沉浮，也知道一位大臣之女若這般不明不白死在宮中將是一件棘手之事，便是能敷衍過去，只怕前朝也未必有人肯甘休。

姜伯游痛失一女，焉知不做出什麼瘋狂事來？

她原是想嚴刑拷打使姜雪寧招認出東西，倒不想她如此烈性，口中雖未言，手上卻以死相脅，更抬出朝廷律令來壓她！

近日來宮中皆傳皇帝要立弟弟臨淄王為皇太弟的事，但也並未排除其餘藩王被立為儲君的可能，皇帝的心思似乎還沒完全定下。

若藩王成儲君，蕭太后這太后也就只剩下面上光鮮，畢竟藩王非她所出。但若是沈玠被立為皇太弟，這依舊是她親生的骨肉，她自然還是最顯赫的皇太后。

她自然是想要沈玠被立為儲君。

可她那當皇帝的兒子卻未必這樣想。

蕭太后雖覺沈琅平日也對自己孝順，可天家無血親，但凡與龍椅有關的事都甚是微妙。

她聽完姜雪寧那番話後，卻是想得比這番話本身還多。

足足有好一會兒沒說話，她才陡地笑一聲，竟是忽然放鬆了身子，又坐回那高處的寶座上去，只道：「好一張巧舌如簧的嘴，不過妳說得也對。既然妳是大臣之女，宮中之刑自不能加之妳身。哀家便如妳所願！」

她眼底藏著一分陰冷的殘忍，只向汪荃道：「著人去刑部衙門，這幾日他們該通宵忙著，還沒回府，人在便把陳瀛給哀家叫來！」

勇毅侯府一案便是陳瀛出了大力氣。

這人識相得很。

無非是多做一場戲的功夫，蕭太后也不在乎這一點時間，只是說完了卻看向姜雪寧道：「陳瀛擔任刑部侍郎不到半年，已審結了眾多大案，他來定不冤枉了妳！」

姜雪寧卻並不敢放鬆半分。

她的目光不動聲色地向鄭皇后所在的位置轉了一圈，看了鄭皇后身後侍立的鄭保一眼。

這時汪荃的目光也落在了鄭保身上。

他十分自然地向鄭保擺了個「去」的手勢。

姜雪寧便慢慢搭下了眼簾——

宮中便是如此。

內宮之中竟然有案子要勞動刑部，且又與逆黨有關，茲事體大，絕不會派一般小太監前去。
所以殿中再不會有比鄭保合適的人。
但願他敏銳些，領會自己的意圖吧。
派出鄭保後，整個慈寧宮中便靜了下來。
蕭太后這時才看了蕭姝一眼，叫她起身來自己身邊，也叫其他人起身。
只留下姜雪寧一人放下了金簪，伏地跪著。
快馬出宮到刑部衙門不需花上多久，得了太后懿旨急詔更是馬不停蹄。
小半個時辰後，鄭保便帶了人回來。
姜雪寧已跪得雙腿沒了知覺，情知最難過的一關要到了，也知陳瀛是名酷吏，老妖婆敢讓他來必定是有所依仗，是以自己若真落到他手上，下場必定更為淒慘。
她微微閉上眼。
只聽見幾道腳步聲從她身旁經過，然後是給蕭太后請安的聲音——
「臣刑部侍郎陳瀛，拜見太后娘娘，給太后娘娘請安！」
「平身。」
姜雪寧的心冷了幾分，強迫著自己不要顫抖。
接著便聽蕭太后的聲音響起。
竟是帶了些許疑惑：「同你一道來的是誰？」

那人立在陳瀛斜後方，一身玄黑官袍，縱有赤紅雲雷紋壓在邊角，亦難減一身冷刻寡淡，只斂目平靜地道：「微臣刑部江西清吏司主事，張遮，拜見太后娘娘。」

「……」

這一剎那，姜雪寧腦海裡轟然一聲響，如洪水決了堤，卻將周遭一切存在都泯滅。抬起頭來。

便看見了那道正立在斜前方的身影，清冷瘦高，恍如隔世。

第六十七章　也是重生

不，是真正的「隔世」了。

上一世自張遮入獄後，她便再也沒能見過；這一世也只上回在層霄樓的雨夜裡，短短一窺，未能細看。

如今此人竟近在咫尺。

她從低處看他背影，越發顯得高峻沉默，便是向著高坐殿上的蕭太后俯首行禮時，脊背也挺得筆直，自有一派朗朗的風骨。

有那麼一刻她險些淚落。

儘管不知道張遮為何會出現在此處，心裡也清楚他此刻必定不認識自己，可只需他站在這裡，立在她的前方，這世間所有的紛擾與危險好像就忽然散去了，只餘下一派令人平和的安然。

像一個慵懶的雨天。

而看雨的人則在被喧囂包圍的一隅裡，享受短暫的安靜。

曾經她總抱怨老天待自己太薄，給了自己很多，又拿走了更多；但此時此刻，卻對天上的神明懷有萬般的感激。

感念祂們，又使她與張遮相遇。

姜雪寧微微閉上了眼，唇角卻彎起了一點清淺的笑容，便是此刻身在萬般的危險之中，也渾不在意了。

內宮與外朝從來分開，若無特令更不許外臣到後宮來。

如今雖然是要查的事情關係重大，且還是太后娘娘親自發話，可此刻伺候在宮內的許多宮女女官，見了陳瀛、張遮二人都藏了點驚慌地低下頭去。

其他伴讀就立在姜雪寧不遠處。

眾人中家教最嚴如陳淑儀者，已在此刻退到了距離他們最遠的地方；周寶櫻卻是在聽見「張遮」這兩個字後瞪圓了眼睛，有些按捺不住興奮地伸出胳膊肘去捅了捅身邊的姚惜。

可姚惜居然沒反應。

周寶櫻納悶之下回頭，只見姚惜怔怔地望著殿中那道挺拔的身影，像是看呆了似的。

這便是……

張遮麼？

除了容色清冷、神情寡淡些，哪裡有旁人傳言的那般可怕？甚至這一身的凜冽，一看也絕非是什麼攀附權貴的投機小人。

立在那兒，就像是一竿青竹。

而這個人，就是自己未來的夫君。

姚惜的眼底忽然就迸射出了更強烈的神采。

直到周寶櫻又碰了她一下她才回過神來，意識到自己方才盯著張遮看了多久，頓時面上飛紅，有些赧顏地低下頭去。

殿上高坐的蕭太后卻是皺了眉，覺得張遮名字有些耳熟，一時卻未記起在哪裡聽過，只將疑惑的目光轉向了陳瀛，道：「哀家不是只宣了你一人來嗎？」

陳瀛是酷吏，卻偏一身不經心的閒散。

目光微微一閃，他恭敬道：「回太后娘娘，張遮張大人乃是近來調任到刑部，才沒半個月就已處理了江西清吏司積壓了大半年的刑名之事，乃是箇中一把好手。今日宮中著人來傳您懿旨時，張大人也正好未曾離開，下官一想也不知宮中之事是否棘手，所以才請張大人同來，有他與下官一同查明，也可更好地為太后娘娘辦事解憂。」

他這樣一說，蕭太后便明白了：「總歸是個查案的本事人。如此，便依你所言。自前些日那玉如意上出現忤逆之言，哀家與皇帝下令在內宮中清查一番，方才知道這宮中藏汙納垢，早已不知滲進多少奸邪之輩的耳目。你二人現在便好好地查上一查，看看背後是什麼小人在作怪！」

說罷她的目光從姜雪寧身上掃過。

陳瀛便順著她的目光看了姜雪寧一眼，想起入宮途中謝危派人遞來的話，又琢磨了一下蕭太后此刻對此事的態度，深覺棘手。

還好他機警，早料這趟差事不好搞，乾脆帶了張遮來。

此人性硬情直，眼底除了查案治律就沒別的事兒，把他推在前面，便是往後各方角力再出點什麼事，也有他擋上一擋，不至於就禍到自己身上。

陳瀛想著，應了聲「是」，隨後便看向蕭太后左右：「敢問今日一案的物證現在何處？」

蕭太后一擺手。

那內宮總管汪荃立刻便將先前放到漆盤裡的那頁紙呈給了陳瀛。

陳瀛拿起來看了一眼，皺了皺眉。

但他不過是做個樣子罷了。

片刻後便將這頁紙遞給了旁邊的張遮，道：「張大人也看看。」

白鹿紙。

普通信箋尺寸。

字是端正的楷體。

張遮搭著眼簾，接過來一看，那隱約清冷之感凝在他眉睫，隨他輕一斂眸的動作顫散開，便道：「字跡大小體例都與前些日青海玉如意上所刻一般。」

沒有起伏的聲音，顯得格外冷冽。

他需要竭力地控制著自己，才能不往身後看去，才能不去回應那一道暌違已久的視線。只是心中終不免打了道結：如今她連皇后都不是，怎也同這件事扯上關係？

陳瀛道：「那這東西在誰那裡，誰便與亂黨有關了？」

張遮看了陳瀛一眼，情知此人是酷吏，且向以自己利益為上，這會兒該是不想參與進這爛攤子的，但也並不出言拆穿，只是道：「未必。」

蕭太后眉頭一挑：「未必？」

陳瀛不作聲了。

張遮不卑不亢平靜地回道：「與亂黨有關之事本就錯綜複雜，律令有言，無證不罪。單有一頁紙尚不能定罪，還需查清原委，方能斷言。」

蕭太后忽然就感覺到此人似乎與朝廷中其他官員很不一樣，這說話的架勢像極了朝中那些不給任何人面子的言官、直臣。

這種人向來是最難相與的。

她眉間不由陰沉了幾分，但又想是陳瀛帶了此人來，所以沒有發作，冷冷道：「那你要怎麼查？」

張遮垂眸凝視這頁紙上所書四句逆言，只問：「此物是從誰處抄來？」

這是明知故問。

但眾人也都清楚這是衙門裡查案時例行要詢問的。

汪荃便站了出來道：「是咱家帶人親自去查的，在仰止齋，從為長公主殿下伴讀的戶部將侍郎家的二姑娘房中查出，放在案上一本書中。」

張遮道：「什麼書？」

汪荃一愣，下意識向角落裡一名小太監看了一眼。

那小太監會意上前，但回答時卻有些尷尬：「回大人話，小的不大識得字，就知道那書皮上是四個字，只認得一個『話』字。」

張遮頓時皺了眉：「沒把書一起拿來嗎？」

陳瀛也不由撇嘴。

但沒想到此刻卻有一道格外冷靜的聲音從他們背後響起：「是《圍爐詩話》，臣女的書案上只放著那一本，且在汪公公帶人來搜查前一個時辰，剛剛讀過。案上其餘都是筆墨紙硯，是以記得清楚。」

眾人一怔，聞聲後都不由轉過頭去。

姜雪寧卻只看向了張遮。

張遮沉默。

她跪久了，也累了，素知張遮是如此脾性，也未多想，轉頭便向蕭太后道：「太后娘娘，既然刑部來的大人都說了『無證不罪』，可否請您恩旨賜臣女起身？臣女自小體弱，久跪氣血不暢，若一時暈厥過去恐難受詢，只怕耽擱案情。」

蕭太后當了那麼多年的皇后，又當了這幾年太后，連當年平南王謀反打上京城她都熬了過來，見過這世間千般百般的人，可還從無一人敢像姜雪寧一般放肆！

看這架勢，她一旦不答應，她立刻就能倒下。

真真刁鑽！

只是蕭太后也深知忍她一時看她還能蹦躂多久的道理，倒不太同她計較，竟裝出一副好說話的模樣道：「瞧哀家，都忘了，妳先起來吧。」

姜雪寧當然知道這老妖婆裝出一副好人樣，但這恰恰是虛偽的人的弱點，畢竟人前要裝裝樣子，哪兒能說「不」呢？

那可沒有什麼母儀天下的風儀。

心裡這般諷刺地想著，她便用手撐了一下地面，想要起身。

不遠處就有宮人，可誰也不敢上前來扶她。

姜雪寧跪久了雙腿早已僵麻。

憑著自己艱難站起身時，幾乎都沒知覺，只是很快血脈一暢又跟針紮似的，她差一點沒站穩就摔了下去。

這一瞬間，張遮看著，手指顫了一下。

用力攥緊，克制住下意識要去扶的習慣。

他注視著她在自己面前身形搖晃不穩，在偌大的慈寧宮裡顯得孤立無援，硬是憑著自己的力量站穩，然後俯身去輕輕用手捶著小腿和膝蓋，緩解久跪的僵麻。

竟覺不好受。

低下頭的那瞬間，姜雪寧是感覺到了一點莫名的委屈的。

甚至有些荒涼。

可一轉念便將這種情緒從心中抹去了：世上誰人不是踽踽獨行呢？何況張遮現在可不認識她。

她感覺到自己雙腿的知覺漸漸恢復，才重新起了身，向張遮躬身一禮，道：「請張大人明察，這一頁紙與臣女絕無關係，也非臣女字跡。」

張遮當然知道不是她。

可眼下難的是如何證明不是她。

他停頓了片刻，才能以尋常的口吻回問：「不是妳的字跡？」

姜雪寧想說，仰止齋和奉宸殿中都有自己寫過的字，可取來對照。

但沒想到侍立於蕭太后身旁的蕭姝在此刻開了口。

她竟道：「姜二姑娘初寫行草，後雖隨先生習楷書，可尚如孩童蹣跚學步，斷寫不成此頁字跡。不必取她字跡對照，臣女肯為姜二姑娘作證，此四行字確非她所寫。」

殿下所立的其餘伴讀都有些驚訝。

誰也沒想到蕭姝竟肯在這時候站出來為姜雪寧說話。

就連蕭太后都看了這侄女兒一眼，只道：「那不過是寫於人前的字跡罷了，焉知她沒有仿寫之能？」

姜雪寧聽後卻沒什麼格外的反應，只道：「多謝蕭大姑娘。」

張遮略作思量，便回頭繼續問汪荃：「汪公公是何時去仰止齋抄查，消息又都有誰知道？」

汪荃一怔，回道：「咱家未時得太后娘娘之命，從西宮開始查起，夜查仰止齋是酉時正。因茲事體大，咱家也怕完不成太后娘娘託以的重任，不敢提前聲張此事，怕奸邪之人得知後有所藏匿，攏共也就咱家與手底下一班忠心的太監知曉，一路都從西宮查起。中間有兩個時辰，也許有走漏風聲。」

結合前後，姜雪寧便已知曉——

若那小太監所言是真，陷害她的人必定是在她放下書離開房間去流水閣後，至汪荃帶人來查之前，將這一頁紙放入她書中。

而當時流水閣中，所有伴讀都在。

且不說幕後究竟是誰，動手的必定是在宮中四處走動也不打眼的宮人。

果然，張遮聽後已經問道：「敢問公公，仰止齋中宮人現在何處？」

汪荃道：「出了這樣大的事，已按宮規暫作拘禁。」

張遮點了點頭，又道：「還不夠，所有今日進出過仰止齋、從申正到酉正還在的宮人，都當拘禁，以備訊問。」

蕭太后在上面聽著已頗有些不耐煩，竟覺這張遮是要為姜雪寧脫罪，一時皺了眉：「張大人這些言語聽著怎像是要證明此事是旁人陷害，也不說先訊問最有嫌疑之人？」

張遮臉上神情都沒動一下。

他向來是誰來也一副拒人於千里之外的模樣，只道：「太后娘娘稍安勿躁，若要證明此物與……姜二姑娘有關，並不困難。」

陳瀛在旁看著，雖則官階更高，可隔岸觀火，愣是半天不說一句話。

直到此刻才道：「張大人有辦法？」

張遮再次垂眸看了這頁紙一眼，指腹輕輕壓在其邊角，平淡道：「諸如伴讀入宮之初在宮門前一要驗明正身，而要查過所攜之物，所以若非姜二姑娘買通了當時檢查的太監宮人，此頁作亂妖言便該出自宮中。宮中一應紙品皆有定例，不許私以火焚，便有用過也收在一處，管之甚嚴。仰止齋乃是伴讀所居之所，這一頁紙乃是宮中所用之白鹿紙，送到多少，內務府處該有記錄。太后娘娘懷疑此言乃是姜二姑娘寫成，與玉如意一案有牽扯，不如下令調內務府用度帳冊，再查仰止齋中紙數。若姜二姑娘之紙數對不上所發，卻少些許，此罪之嫌疑便要添上五分。」

宮中用紙甚嚴，防的是內宮中有人私自傳話。用過的每一頁紙將來都要往上呈交，若審出上頭有寫什麼「不合適」的話，自有人來「收拾」。

這是前幾朝定下的規矩了。

姜雪寧剛聽張遮此言實在驚訝，沒想到竟然可另闢蹊徑從紙本身查起，初聽不覺，可轉念細究，又覺這話略顯草率，萬不是張遮這樣嚴謹的人應該說出的。

她目光落到張遮手中那頁紙上，忽然皺了皺眉：內務府發下來的紙，可不是這般大小。

旁人乍一聽都覺得若要依著太后的意思，去證明是姜雪寧寫了這一頁，這的確是最直接最有效的方法，是以都覺得大有道理。

唯獨蕭姝忽然蹙眉。

也不知是不是同姜雪寧一般，覺得他此言太過篤定草率。

但這時汪荃已經眼前一亮，誇讚起來：「這是個好法子。」

太后也沒覺出異常，只道：「無論是不是她，這紙都是要查上一查的。即便不是她，這仰止齋中其餘伴讀也未必就能脫得了干係。」

汪荃便主動請命：「奴這就帶人去查。」

張遮卻眼簾一搭，道：「仰止齋畢竟是閨秀居所，查紙是細事，既有先前拘禁之宮女，不如命她們從旁協助，畢竟都伺候過伴讀，也知道得細些。夜色將深，下官與陳大人外臣入內宮查案，多顯不便，也恐拖得太久。」

汪荃向蕭太后看了一眼。

蕭太后聽見張遮這番話，尤其是在聽著那「閨秀居所」時忽然想到什麼，向那邊眾多伴讀裡立著的姚惜看了一眼，變得似笑非笑。

只道：「按張大人說的辦吧。」

女兒家的住處精緻卻多有私隱之處，由得一幫太監胡亂翻那哪兒行？

許多伴讀一聽由宮女從旁協助，面色才好了些。

周寶櫻更是向姚惜擠眉弄眼。

姚惜一張臉頓時全紅了，倒有些沒料著張遮面上看著如此冷硬的人，竟有一顆如此妥帖細緻的心。若只是為了查案，叫太監去查也一樣，何必提議讓宮女去？

必然是因記掛著自己。

該是看了她的回信了吧？

姚惜一時覺得人都浸進了蜜裡，沒忍住推了周寶櫻一下，讓她不要放肆，唇邊羞澀的笑卻是壓都壓不住。

姜雪寧漠然垂首立在殿中，倒沒什麼反應。

去仰止齋查紙和去內務府查數的人分作兩批，該要好一會兒才回。

殿中一時安靜。

不過沒等上多久，外頭忽然傳來高聲的唱喏，在外頭禁宮重重的夜色中傳開：「皇上駕到——」

眾人聳然一驚，頓時齊齊朝著宮門的方向拜下。

唯有蕭太後坐在殿上沒動。

很快一道身著玄色繡金雲龍紋便服的身影就從外面走了進來，已登基近四年的皇帝沈琅，比胞弟沈玠顯得瘦一些，臉色有些蒼白，眼下也有些烏青，五官倒是很像，只是隱隱透著點病氣。

進來看見慈寧宮中情況，他薄薄的眼皮便動了一動。

也不叫眾人起身，他先在唇邊掛了一抹笑容，上前同蕭太后請過了安，才一回首叫眾人起身，問道：「先前得聞慈寧宮奏報，大體知道出了什麼事。陳瀛，查得怎麼樣了？」

姜雪寧上一世隨沈玠見過這位「皇兄」許多次。

她與沈玠大婚那一日，沈琅還親臨王府來吃了酒，深夜才回宮。

只是沈琅這皇帝身體似乎不好，後宮眾多，膝下卻一直無子，原還叫太醫看看，後來連太醫都不看了，約莫是藥石無用。

後來更是……

不明不白就死了。

姜雪寧聽著這短命鬼的聲音便眼皮一跳，知道既是這人搞出了勇毅侯府一樁驚世奇冤，也是這人枉顧兄妹情義，送了沈芷衣去韃靼和親。

陳瀛上前道：「正查到關鍵處，已令人去仰止齋與內務府核對紙數。」

沈琅抬手：「那頁紙給朕看看。」

張遮眼簾一閃，便將原本放在自己手中那頁紙轉交給沈琅身旁伺候的司禮監掌印太監王新義，此人天庭飽滿，地闊方圓，卻生得一雙鷹隼似的眼，甚是精明模樣，但對著沈琅卻是畢恭畢敬。

沈琅將那頁紙拿過來一看，一張臉立刻陰沉欲雨。

王新義立刻道：「聖上息怒，亂臣賊子妖言惑眾罷了，不日便將連根拔起，為此氣著龍體不值當。」

沈琅也不說話，目光落到了下方。

姜雪寧偶一抬頭就觸到了那目光，竟是陰冷壓抑，更透出一種深沉的審視——這是位多疑的帝王，也是位狠心的帝王。

自沈琅進殿後，整座慈寧宮再無一人亂動半分。

個個規矩地立著。

殿上只餘下蕭太后與沈琅說話的聲音，偶爾沈琅還會問一問近日來京城之中是否有天教或平南王一黨餘孽流竄。

光聽就知道，近來京城不太平。

姜雪寧只是人在宮禁之中感受不到罷了。

她心中凜然。

又過了一刻多，先前帶太監與宮女們前去查仰止齋紙數的汪荃才回了來，滿面驚惶，朝殿上一跪，便震聲稟道：「啟奏聖上，回稟太后，奴奉命查仰止齋紙數，核得內務府共撥白鹿紙十六刀，又有長公主殿下授意為伴讀姜雪寧添白鹿紙一刀，冰翼紙一刀，可在其房中奴等將已用和未用之紙細數，冰翼紙無差錯，白鹿紙卻只七十四張！」

宮中定例，白鹿紙一刀二十五張。

內務府一人撥了一刀，長公主又添了一刀，該有三刀共七十五張才對，姜雪寧房中少一張，而那寫有逆黨之言的紙正是白鹿紙，這說明什麼？

沈琅面上一動，勃然大怒。

蕭太后更是霍然起身：「好啊，現在證據確鑿！妳姜雪寧巧舌如簧，倒是說說，少的那頁紙去了何處？」

姜雪寧心底一嗤，巋然不動。

張遮便是在此時躬身一拜，連眼皮都沒掀一下，只道：「還請聖上與太后娘娘稍安勿躁。」

沈琅前陣子看見他就頭疼，如今又見他出來說話，聲音便頗不耐煩道：「張遮你又有什麼事？」

張遮道：「還請聖上，傳方才協助核紙的宮人進殿。」

沈琅皺眉：「又弄什麼玄機？」

張遮平淡道：「核紙數對不上，一有可能確是姜二姑娘事涉其中；二有可能是核對的人有問題。還請聖上宣他們進殿，一一搜身，排除眾人之嫌疑，方可言姜二姑娘問題最大。」

陳瀛是機敏之人，聽這句話，陡地明白了他先前看似草率之言，都是何用意，心底忽然生出了幾分隱隱的忌憚。

他乃是刑部侍郎，自不願讓張遮搶了風頭。

當下便跟著道：「雖有玉如意一案在前，但已查明乃是內務府裡混有逆黨，或被人收買。姜二姑娘算起來不過一伴讀，弱質女流，卻因勇毅侯府之故確無法排除涉事嫌疑，可誰人行事能夠疏忽至此，在明知宮內嚴查且有玉如意一案後還將這寫有逆黨妖言的一張紙放在身邊？實在不合常理，只怕是有人要借事陷害。下官等已在先前設局，引蛇出洞。還請聖上依張大人之言，宣太監與宮人上殿。」

沈琅的目光又在姜雪寧身上打轉，末了終於道：「宣在殿門外，一一搜身！」

那些個宮女太監原都在宮外。

此刻聽得要搜身，泰半都有些慌張，但唯有一名身著杏黃衣衫的宮女嚇得面無人色，抖如篩糠，幾乎站都站不住了。

負責搜查的人看她可疑，立刻將她抓了出來。

那宮女哭喊起來：「不是奴婢，不是奴婢……」

然而下一刻便從她衣內搜出了一頁疊起來的紙，上頭還留了些筆墨痕跡，仔細一分辨，正是白鹿紙！

外頭搜查的太監得了此物，立時送入殿內。

汪荃大怒，完全沒想到竟有人膽敢在自己眼皮子底下做手腳，罵道：「真是吃了豹子膽！小賤蹄子不知深淺！說，這紙妳從何處拿來？」

宮女已軟跪坐一團，慌張的眼神在殿上四處亂轉。

她方才只聽人說要核對紙數，便想起姑娘只叫她往姜雪寧屋裡放紙，卻沒有拿出一張紙，唯恐落下破綻，不能陷害成功，怕被姑娘責斥，所以方才回仰止齋時，才會冒險偷藏一頁紙起來。又因沒用過的紙都是整齊放在一起，直接由太監們數了，輪不到她來，是以才從角落裡悄悄收了這張沾過墨的。

然而上面有字跡，該是姜雪寧所寫。

如此反倒證明了這紙是她從姜雪寧處偷來，根本無法辯解！

她只曉得往地上磕頭，人走到絕境便豁出去了，乾脆哭起來，道：「奴婢有罪，奴婢有罪！是奴婢前幾日灑掃房間時看這頁紙才寫了一兩筆，因知紙貴，又知姜二姑娘奢靡不會再用，所以一時鬼迷心竅收了起來，也想留著自己練一練字，寫滿了再放回去，也無人知曉。但沒想到今日會牽扯這般大事，奴婢怕得很，剛才也不敢說……」

額頭磕紅了。

可所有人都冷冷地看著她。

張遮踱步至她面前，眼簾略略一低，竟從自己袖中取出了幾頁紙來，擱在這宮女面前：

「也想自己練練字，想必是識得字了。那妳不妨念念，這寫的都是什麼？」

那宮女就跪在姜雪寧身邊一點。

姜雪寧一轉頭也能看見那幾頁紙，只是瞥一眼就認出那竟是最近的公文——張遮這隨身帶著公文的毛病，原來也是這麼早就有了嗎？

會入宮的大多都是家中貧苦，走投無路才將人送入宮來，做宮女，做太監。

所以基本都是不識字的。

唯有久了，到女官到管事太監這些，才能略識數言——連長公主讀書都要被一幫糟老頭子詬病，出身尋常的女子哪兒能識幾個大字？

這宮女驚慌之下，是沒找到沒破綻的理由。

姜雪寧唇邊掛上淡淡的笑，只望著那宮女道：「上頭寫的是《詩經》裡的《蒹葭》，我可不騙妳，會嗎？」

那宮女盯著她，恨得顫抖。

姜雪寧回視著她，依舊在笑：「如果不是此刻有人看著，我早兩巴掌扇妳臉上，好問問是哪個蠢主子養了妳這樣的廢物。」

張遮聽著，低了眼簾。

以前差不多的話，他曾聽聞過的。

那時是他看不慣她跋扈。

後來她當著他面時便總收斂兩分，可卻偏要說出來，讓他知道她不高興……

話姜雪寧是笑著說的，可目光卻一片森寒。

說完話便轉過臉來向仰止齋中其餘伴讀看了去，也看向站在高處的蕭姝。

然後才返身向殿上道：「真相雖未水落石出，可這宮女若無害人之心，也不會中了張大人所設之局，故意藏匿起一頁紙欲以此陷害於臣女。小小一介宮女，與臣女無冤無仇，背後必定有人主使，望聖上明察秋毫，為臣女主持公道！」

直到這時，眾人才全明白過來：原來張遮幾句話已設好了一個局。之所以要故意讓宮女前去協助，便是要所有有嫌疑之人進到仰止齋，去填補那陷害的「破綻」，是故意給陷害者機會！只要動手，倉促回來時又不及處理，更不會想到這裡還有人等著查個「人贓俱獲」！

姜雪寧之話也有理。

宮裡若無人指使，誰敢冒奇險陷害旁人？

只是不知背後這主使之人是否便在殿中？若在，眼睜睜見了這宮女跳入張遮所設之局，此人又該是何感想？

沈琅顯然也沒料著忽然之間便峰迴路轉，看著那伏地的宮女，一時沒有說話。

蕭太后卻是遠遠認出那宮女身分，眼皮一跳。

殿下所立眾伴讀更是驚詫極了，沒想到竟然是這小小一介宮女陷害了姜雪寧。

周寶櫻卻是想起了什麼，有些小心翼翼地看向姚惜。

姚惜是一臉錯愕。

她望著立在殿中的那道身影，忽然感覺到了一種壓抑不住的失落，想起方才自作多情的羞澀，甚至覺得十分難堪：原來提議由宮女們去核查紙數，只不過是為了引陷害之人出手，而不是為了自己這位「未婚妻」……

沈琅終於開口，問那宮女：「妳既不識字，紙上之言尚不識得，便不可能是妳獨自陷害。背後究竟何人指使於妳？」

第六十八章　夜色深宮

這一刻，滿殿上下，所有的目光都落在了宮女身上。

天子威嚴，從上壓下。

對這些自打進宮來便知道皇帝手握生死的人而言，實是一種強大的威懾和恐怖。眾人能看到她面上迅速地失去了血色，緊緊壓在地面上的手掌卻用力地攥緊了，彷彿陷入了巨大的掙扎之中。

她悽惶地朝著地上磕頭：「回稟聖上，奴婢背後無人指使，不過是見姜三姑娘區區一伴讀，入宮之後卻讒言唆使長公主，哄騙殿下，處處皆要與其他伴讀不同。奴婢等本是盡心伺候，長公主殿下從她房中出來卻說奴婢等伺候不好，又說內務府苛待。奴婢一時不忿，又聽別宮傳出汪公公率人查宮一事，鬼迷心竅之下便想出這陷害之計來。還求聖上、太后娘娘饒恕……」

「哐當！」

紫檀雕漆長案上的一應擺設都被掃落在地！

沈琅也是歷經過宮廷之爭的人，豈能看不出這宮女是在撒謊，頓時盛怒，道：「胡說八道，到這時候還賊心不死！王新義，叫人將她拖到宮門外庭杖，打到她說實話為止！」
王新義便要領命。
蕭太后卻在這時皺了皺眉，瞟了下面那宮女一眼，輕輕抬起手來，按了按自己的太陽穴，幽幽地嘆了一聲氣。
王新義腳步立刻停住。
沈琅也看向了她：「母后，可有不妥？」
蕭太后道：「大晚上公然在宮門外打打殺殺，六宮上下都來聽她叫喚不成？妃嬪宮人太監還睡不睡覺了？想想都讓人頭疼。原本是沒查明究竟是誰搞鬼，如今既已揪出這麼個線頭來，順藤摸瓜是早晚的事。便是要審問也別在宮門口，不如著人押去慎刑司。」
姜雪寧聽到這句，只覺諷刺：這就忽然見不得打打殺殺的了？不久之前老妖婆還手一揮喝人來，要將她押下去庭杖審問，說出來的話同沈琅一般無二。這才過去多久，就忘乾淨了？
張遮眉頭忽地微蹙，看了太后一眼。
沈琅卻是醒悟過來，道：「是兒臣疏忽，忘記母后病恙方好，宜當靜養。王新義，改將這宮女扔去慎刑司，讓他們今晚都別睡了，把人給朕問清楚。」
「是。」
王新義算鄭保半個師父，能混到司禮監掌印太監的位置，早練成隻老狐狸了，長了幾條褶皺的眼皮一掀，頗有幾分憐憫地看了這小宮女一眼，便一揮手。

左右立刻上來將宮女押走。

嘴裡更是立刻塞上了一團布塊，被拖出去時連點聲音都沒發出，只徒勞地瞪著一雙驚恐的眼。

沈琅高高地俯視著姜雪寧，道：「姜侍郎在前朝也算是為社稷、為朝廷鞠躬盡瘁，今日雖是事出有因，然也是讓姜二姑娘頗受了一番委屈。王新義，明日你親去內務府，著人撥下賞賜，以寬其心。待慎刑司那邊拷問出結果，必定還妳一個公道。」

姜雪寧便道：「臣女叩謝聖上恩典。」

但她心裡卻有隱隱然的預感，此事到此為止，這個「公道」多半是討不回了。

人押去慎刑司審問，一時半會兒出不了結果。

慈寧宮乃是蕭太后寢宮，她要休息。

此刻一有一干太監宮女，二有被宣召入宮查案的外臣，三有仰止齋來的伴讀，人員雜亂，沈琅便道：「今日事暫告段落，都退下吧。」

眾人便齊聲告退。

最外面的太監宮女先退，然後是仰止齋中一干伴讀，末了才是陳瀛與張遮。

剛出慈寧宮，眾人便將姜雪寧圍住了。

方妙一個勁兒地拍著自己的胸口：「嚇死我了，嚇死我了！」

周寶櫻卻是目露崇拜：「寧姐姐在殿上太厲害了！」

連尤月都沒忍住道：「真是不要命……」

陳淑儀則是涼颼颼的：「旁人都好好的，獨妳一個平白遭難，可見是平時不大會做人，不然誰能恨到妳頭上這樣作弄妳？」

姚蓉蓉看看這個，看看那個，沒敢開口。

姚惜卻是一副懨懨模樣。

蕭姝看她一眼，微微擰了眉，只提醒眾人道：「有話還是回了仰止齋再說吧，出了這樣大的事情還管不住嘴，焉知他日不會禍從口出？」

眾人便噤了聲。

姜雪寧從頭到尾低垂著眼沒作言語，聞言也只是抬起頭多看了蕭姝一眼。

她心裡壓著事兒。

才往前走了沒兩步，竟然碰上這時候才從外面匆匆往慈寧宮方向走來的沈玠與沈芷衣。

沈芷衣面上有些慌亂，遠遠看見她們便加快了腳步，走到眾人面前來，便看向姜雪寧：「寧寧沒事吧？」

這明顯是聽說了消息了。

沈玠也跟在後面，頗有些擔心地望向姜雪寧：「姜二姑娘還好吧？」

兄妹二人幾乎異口同聲。

姜雪寧原本是要說些寬慰的話的，可這下反倒不知說什麼好，只能乾乾地回了一句：「有驚無險，沒有事，都還好。」

沈芷衣這才鬆了口氣。

沈玠望著她眼底的憂心卻還有些深，想起今夜發生在宮外的種種，又記起燕臨的囑託，有心想要單獨同姜雪寧交代上一些，又看此刻人多眼雜，只能作罷。

沈芷衣卻是轉臉問蕭姝：「皇兄在嗎？」

蕭姝打量他兄妹二人這忙慌慌的模樣，倒像是偷溜去了宮外，現在才回，只道：「聖上大半個時辰前就來了，這會兒還沒走，該在慈寧宮中陪太后娘娘說話。」

沈芷衣一聽便提了裙角快步往慈寧宮去。

沈玠重重的嘆了一口氣，終究還是沒同姜雪寧說話，趕緊追上沈芷衣的腳步。

姜雪寧回頭看去，只見這兄妹二人一高一矮，順著長長的宮道走過去時，正好與後面出來的陳瀛、張遮二人打了個照面。

二人停下來見禮。

沈芷衣與沈玠匆匆還過禮便去了。

仰止齋靠南，所在的位置更臨近外朝，所以陳瀛、張遮出宮的方向與眾伴讀回仰止齋的方向本來相同，但為避嫌，二人在經過岔路時便轉向另一條稍遠些的路。

姜雪寧望著那條路，站立不動。

方妙奇怪道：「姜二姑娘？」

姜雪寧卻在傾聽自己心底那道不斷清晰、不斷回蕩的聲音，當它將她心湖攪亂，掀起波瀾，她便忽然下了決定，只道：「今日若無陳、張二位大人，我姜雪寧只怕已身首異處，大恩當言謝，我去謝過，妳們先走吧。」

方妙瞪圓了眼睛。

眾人亦目露驚色。

姚惜更是一怔，霍然抬首看向她！

可姜雪寧誰的神情也沒看，更沒有要為自己解釋什麼的意思，說完話逕自轉身，直接向著陳瀛、張遮去的那條道去了。

留下面面相覷的眾人。

陳、張二人出來得原要晚些，本就在她們後面，走得也不快，她很快便追上了。

夜裡提著燈籠為二人照路的小太監最先瞧見她。

接著便是陳瀛、張遮。

姜雪寧立在二人身後，躬身一拜，抬起頭來卻是道：「謝過二位大人救命之恩，小女冒昧前來，是為向張大人親致謝意。」

陳瀛一聽，眉梢便是一挑：「向張大人道謝，那是沒我什麼事兒了。」

他這人慣來精明。

先前已經收過了謝危的提醒，便知眼前這姜二姑娘有些特殊處，且算起來他就是去划水的，是以對姜雪寧此言並未有半分不滿，唇邊掛著笑便向張遮道：「張大人留下先聊，陳某先往前邊兒等。」

張遮無言。

陳瀛卻已經轉身，帶著那小太監走了。

這一時，姜雪寧覺著像極了前世。

只不過那時候十分識趣主動走的那個人是謝危。

張遮一身官服，寬袍大袖，兩手交疊在身前，望著她。

周遭有些暗，他身形也發暗。

姜雪寧見陳瀛走了，便往前向著他的方向邁了一步，沒想到這條宮道平日來少人行走，原本鋪得平整的石磚有一角翹出地面，正正好絆著她腳尖。

倉促之下哪來得及反應？

身子頓時失了平衡，往前倒去。

這一刻，張遮聽到自己的心對自己說，不要去招惹她；然而他的手卻如此自然地違背了他的意志，完全下意識一般伸了出去，扶了她一把。

骨節分明的五指，因常年執筆有些薄繭。

握住她胳膊時卻是強而有力。

掌心那隱約的溫度透過衣料，彷彿能被她的肌膚感知。

姜雪寧差點撲到他懷裡去。

額頭也一沒留神磕在了他瘦削而棱角分明的下頷，硬硬地，撞得有點疼。

張遮不用香，衣袖間只有極淡的皂角清氣。

可她愣愣地捂著自己的額頭，抬起頭來對上他一雙烏黑的眼仁時，卻覺有一股濃烈的氣息將自己包圍，薰染上來，讓她一張臉發燙。片刻後才反應過來，連忙退回去站定，拉開一個合乎於禮的距離。

——上一世她行事放肆，剛認識張遮那陣總是逮著機會便戲弄他，想看他難堪；後來卻是又敬又愛，反倒不敢再對他動手動腳。這一世她實不想給張遮留下太壞的印象，教他以為她是個形骸放浪、動輒投懷送抱的輕浮之人。

她慶幸起小太監拎走了燈籠，光線不好，否則此刻面頰緋紅的窘態只怕無法遮掩，暗暗定了定神，才道：「是我今日心神不定，沒注意腳下，多謝張大人了。」

一懷甜軟馨香忽地遠離。

張遮五指間空了，有冰涼的冷風穿過他指縫，他慢慢地蜷握，重將手掌垂下，慢慢道：「皆是舉手之勞，分內之事，不必言謝。」

這話聽著也很耳熟。

他倒真跟上一世一個模樣。

可終究不是上一世了。

她還沒有傷過他，也沒有害過他，更沒有累他身陷囹圄，累他寡母遭難亡故，一切都可以是全新的開始，而且她沒有嫁給沈玠，也不想再當皇后。

姜雪寧小心翼翼地將一切祕密都藏到眼底深處，不讓它們悄悄溜出，只望著他身影道：「宮中險惡，機巧遍布，連陳侍郎今日入宮也不過敷衍推諉，張大人卻肯查明真相，還雪寧以清白，便高過這世間尸位素餐之輩良多了。」

張遮默然無言。

過了許久，才道：「下官不過是局外人罷了，姜二姑娘身處局中，往後萬當小心。」

對著此刻的她也稱「下官」麼？

姜雪寧覺著這人真是謙遜。

她道：「那是自然，在這宮中還要待上一陣子，我怕死得要命，豈能讓他們輕易害了我去？」

「……」

張遮垂落在身側的手指悄然握得緊了。

她怕死，也怕疼。

那彼時彼刻身陷宮廷重圍時，他眼前立著的這位昔日皇后，該是付出了何等的勇氣，才敢舍了自己一命，去換他一命？

她對他毫不設防。

張遮忽然怕自己站在這裡看她太久，動搖原本的決心，便搭下眼簾道：「姜二姑娘有防備便好，夜深天晚，下官於內宮不好多留，先告辭了。」

姜雪寧心裡便空落落的。

但轉念一想，能見著他已經很好了，不該再奢求更多。

是以彎起唇角，目送他。

只是沒想，走出去兩步之後，張遮腳步一頓，竟然停了下來。

姜雪寧眨了眨眼：「張大人？」

張遮側轉身來看著她，似乎有些猶豫該不該問，可最終還是開口道：「姜二姑娘同姚小姐一起為長公主殿下伴讀，聽聞曾為在下之事起過爭執。姚小姐曾因退親想過諸般手段，不知真假？」

「……」

她與姚惜、尤月在仰止齋中的爭執竟已經傳出去，都為張遮所知了？

姜雪寧怔了一怔。

緊接著又想，天下的確沒有不透風的牆，傳出去也實在不是什麼稀罕事。只是張遮此刻問起，她又該不該答呢？

姚惜曾想過種種手段甚至想潑人髒水，都是真的。

可她畢竟有私心，若對他說了，好像打了人小報告一般。

若是隱瞞呢？

眼前問她這話的人，不是別人，是張遮。

姜雪寧終究無法對著他撒謊，但「是真」兩個字也不知為什麼就說不出口。也或許是那一刻她心裡某一種猜測與期許壓著她，讓她一顆心狂跳，忘了要說什麼。

張遮看她模樣，便道：「我知道了。」

姜雪寧嚇了一跳：「可姚小姐現在已經不這麼想了，張大人若看了她所回覆之信函，也該知道。為什麼還要問？」

張遮垂目，只淡淡道：「退親。」

第六十九章　很喜歡，很喜歡

他要退親。

他不喜歡姚惜。

這樣的兩句話，忽然就從姜雪寧腦海深處浮了出來，像是兩塊石頭一般砸進了她的心底，打破了她強作的平靜與鎮定，帶來無限的歡欣與雀躍。

再不需要有什麼顧忌。

因為是張遮自己不喜歡姚惜，是張遮自己要退親，而她在這件事上問心無愧，沒有使什麼暗中的手段，她仍舊遵守了與他上一世的承諾，不算個壞人。

姜雪寧心跳快極了。

張遮說完這二字後，便又道了一聲「多謝」，一聲「告辭」，轉身沿著那長長的宮道去了。

天上的明月發暗。

星光卻因此璀璨。

明明這為夜色籠罩的深宮裡處處都是不可測的危機，可姜雪寧卻覺得滿天的光華都披在他身上，而她竟無比地想要化作其中一道，為他照亮崎嶇的歸途。

前面有陳瀛等他。

小太監拎著燈籠垂首。

張遮的身影漸漸近了。

姜雪寧終究覺得自己要站在原地看太久，落在有心人眼底，難免太露痕跡，便轉了身往回走。

背過身的剎那，笑容便在唇邊溢出。

儘管今夜短短幾個時辰之內已遭逢了一場幾乎涉及生死的危難，可在這難得的安靜裡，她竟暫時不願去多想，只想純粹地浸在這種歡喜裡，哪怕只有一點，也只有短短的片刻。

連著腳步都不由輕快。

在轉過前面岔路拐角的時候，她終於沒忍住起了一分玩心，往前跳了一步。

「呀！」

拐角那邊忽然傳來驚嚇的一聲。

小太監拎在手裡的燈籠都跟著晃了晃，下意識道：「大膽，竟敢衝撞少師大人！」

「……」

姜雪寧抬起頭來，就看見謝危立在她面前，似乎也是沒想到會有個人從拐角裡蹦出來，眼底有一刹的驚訝，但待看清是她之後，眉頭便重重皺了起來。

她忽然渾身僵硬。

謝危轉頭，目光越過她，向著她來的那條道看了一眼。

那頭陳瀛與張遮剛好走到盡頭。

不片刻便沒了身影。

可謝危略略一想便知，這時辰才從內宮中出去的外臣，除卻刑部陳、張二人外不作他想，再看姜雪寧這得意忘形模樣，哪裡像是才遭人陷害、躲過一劫？

姜雪寧莫名有點發怵，慢慢站直了身子，好像剛才那個一步跳到人面前的不是她一樣，恭敬地欠了身，向謝危行禮：「謝先生好。」

謝危靜靜看著她：「便這般高興嗎？」

姜雪寧頭皮發麻。

謝危只從身旁那小太監手中接過了燈籠，又向他一擺手，命他退走，才道：「我若是妳，才遭人陷害，僥倖逃過一命，是萬萬笑不出來的。」

又來教訓她。

姜雪寧聽出他語氣不大好，想自己在這宮中能得的歡愉也不過片刻，還不能准許人高興高興嗎？

有心要回敬兩句，又想處境本已艱難，若再真得罪他，可是真的寸步難行了。

是以搭了眼簾不說話。

謝危便提了那燈籠往前走，道：「今日在慈寧宮中如何，可有看出是誰要害妳？」

姜雪寧有點愣。

謝危轉頭看她還傻站在原地，眉頭便又皺得深了些：「妳不知道跟上？」

姜雪寧道：「可我不走這條路。」

謝危道：「仰止齋同出宮一個方向，妳走不走？」

姜雪寧一縮脖子，終於反應過來：這可是謝危啊，人打個燈籠走前面，叫她跟，她便跟了，不聽話不是找死麼？

她低頭跟上了。

謝危這才覺得氣順了幾分，一面走一面道：「有眉目嗎？」

姜雪寧先才見著張遮的歡喜，終是被這人踐踏摧毀得差不多了，頭腦冷下來，便漸漸覺著這冬夜的寒氣已能侵身入骨。

回想起慈寧宮種種，她沉默了片刻。

然後才慢慢道：「查了是個小宮女搞的鬼，但太后娘娘說太晚了，宮門外打打殺殺不好，聖上便令人將她關到慎刑司審問，不知能不能問出結果。」

謝危垂了眼，眸底是森森的冷沉，又問：「妳不懷疑誰？」

姜雪寧道：「還在想。」

謝危是沒料著這多事之秋，自己不僅要料理宮外種種，宮裡面的這個也沒半分自保之力，越想心裡越壓抑：「仔細想。」
姜雪寧便道：「有懷疑的對象，卻無確鑿的證據。」
謝危道：「並非一切都需要證據。」
姜雪寧一想也是：「過於關注細節是否合理，有時難免忽略大局的重要。站在山腳下的人和站在峰頂上的人，必是後者能窺全貌。」
謝危道：「這話倒合我意。」
姜雪寧心道，那可不。
須知上一世這話便是她偶在行宮正殿外頭聽謝危對內閣其他輔臣講的，印象極為深刻，記了許久。
他自己說的話，哪兒能不合心意？
只是姜雪寧想起自己的猜測來，面上卻難免烏雲密布，慢慢道：「我雖覺著她不該是這般簡單下作的手段，可也許正是我這般以為，正是與她行事不符，她才越要這般籌謀。畢竟直到此刻，我也覺著她不該如此不高明。然則縱觀全域，太后態度曖昧，此人有能力收買宮女，得知那四句逆言全貌，且能提前準備好，絕非是汪荃去抄查宮禁後她得知就能辦到。她必是提前很久便有知曉，今日方可從容不迫。」
謝危於是道：「那妳將如何？」
他縱然可以如今日一樣暗中相保，可他未必時時在，寧二若總無自保之力，便如那籠中絲雀，實在不好。

姜雪寧也不知為什麼，覺著謝危今夜這接連幾問，隱隱有點要考校她的意思，但此刻也不宜多想，只答道：「我並未做什麼愧對人的事，那不管是誰要害我，總歸是見不得我好。那我偏要過得更好，叫她看了難受。且也不是沒有治她的法子，若不還以顏色，興許覺我好拿捏，好欺負。今日她既敢叫我不爽快，往後總要叫她坐臥不定，寢食難安才是。」

這話說得沉穩。

倒像是心裡有了主意。

謝危不由回眸看她。

手中燈籠昏黃的光落在她臉上，襯得這嬌豔面孔煞是明媚，只是她低垂著眼簾，唇線平直，竟有一種難言的漠然。這時他才驚覺，她身上沒了先才的歡喜，更沒了那輕快甚至帶了點羞赧的笑意。

於是意識到，是他的出現將先前的一切破壞。

謝危又覺著是自己心躁了，再一次將先才生硬的口氣放軟了些，問她：「剛才妳怎會走這條道？」

姜雪寧「哦」了一聲，又想起張遮來，眉眼才舒展開一些，道：「陳大人與張大人走這邊，學生蒙張大人查清內情方能脫險，是以追過來面謝。」

雖然有些於禮不合，可她那一刻真的不怕。

就是那麼一個念頭，無論如何也壓不住。

謝危看見了她的神態，腳步忽然停下：「張遮？」

姜雪寧抬眸看他，點了點頭。

謝危原本便沒笑，此刻再一次打量她眼角眉梢，臉色又拉下來些許，問她：「妳喜歡的不是燕臨？」

姜雪寧愣住。

然而下一刻謝危的提問才更叫她渾身都炸了起來：「妳喜歡張遮？」

這便是謝居安最恐怖的地方。

任誰站在他面前，稍稍露出些許的破綻，便會被他看個透徹，縱使披上一身厚厚的皮，也難抵擋！

姜雪寧竟慌了那麼片刻。

可隨即卻想，有什麼可慌張的呢？

她的的確確不愛燕臨，有上一世的種種在，也不可能拋開心結去愛。

如今她不是皇后。

沒有那諸多的禮法束縛，她可以坦坦蕩蕩地面對自己的內心，面對自己的情感。

那點點游光似的明媚，終於再一次回到她眼角眉梢，姜雪寧回視著謝危，大膽而坦誠地道：「喜歡。」

謝危凝視她沒有說話。

她卻又想起自己上一世對張遮的愧對來，眉眼不由重新搭了下去，只覺得舌尖心上，都泛著點苦，略帶澀然地低低補道：「很喜歡，很喜歡……」

第七十章　歲暮深寒

謝危真的看了她很久。

姜雪寧覺著他目光有些冷。

謝危竟然問：「燕臨知道嗎？」

雖然從來沒有明問，但姜雪寧大約能猜到謝危知道她同燕臨的關係，或者說，燕臨對她的心思。原本覺得這人有些管太寬，可一想起上一世尤芳吟對自己提起的猜測，又覺得這猜測若是真，謝危在意此事也無可厚非。

至於燕臨……

她喜歡張遮他該是不知道的，畢竟她才重生回來多久啊？可層霄樓那一日，那些話便是沒說出口，燕臨也是明白的。只是他不願親耳聽見她把話講出來，才叫她不要開口。

謝危扯了扯唇角，笑意微涼：「我若是燕臨，便扒了妳的皮，抽了妳這一身的反骨。也不曾聽聞妳往日認識張遮，便是往日裡便暗生傾慕，今日一朝見了鍾情也未必不是一廂情願。妳倒喜歡人，人卻未必能高攀上妳了。」

姜雪寧聽著前面半句但覺悚然。

聽到後面這一句卻是差點跳起來，有些惱羞：「你才高攀，胡說八道什麼呀！」

這模樣倒像是被人踩了尾巴，有些張牙舞爪。

謝危看她不慣。

他目光重深了回去，竟寂若寒潭：「我才說得張遮一句，妳便跳腳。這般沉不住氣，三言兩語便自曝弱點，是妳寧二覺著我謝危是個善類，足可信任，還是妳覺著世人皆善，對誰都不設防？」

姜雪寧忽然打了個寒噤。

謝危平靜道：「我若是妳，喜歡誰便永遠藏在心底，既不宣之於口，更不教旁人知曉。今日遇著是我，暫不會對妳如何；他日遇著旁人，想對付妳、拿捏妳，便先去為難張遮。屆時妳且看看，『害人害己』四個字怎麼寫。倒不愧能和燕臨玩到一塊兒，蠢是一樣的蠢。」

他說話從未這樣不客氣過。

姜雪寧甚至沒想到他訓斥自己便罷了，連燕臨都一起罵了，一時只怔怔地望著他，又覺得他說得真是沒有一句話錯：她是高興糊塗了，竟在謝危面前袒露心懷？

可回頭一想，分明是謝危先看破了，她才承認。

心內忽然一陣後怕。

謝危也不過是嚇嚇她，好讓她認認真真長一回記性，見她終於怕了，便知道自己說的話她聽進去了，雖然也不知為何越發不快，可並無時間在這裡多浪費。

他直接將那燈籠一遞，交到她手上。

只道：「太晚了，回去吧。」

姜雪寧將那盞宮燈接了過來，可只有這一盞燈，下意識想問一句「那你呢」，謝危卻已負手背過身去，順著那高高的宮牆往出宮的方向走去了。

周遭的黑暗都壓在他身上。

這個人同張遮是不一樣的。

張遮便是行走在夜色中，也讓人覺著身上有亮光；謝危離了這丈許燈光走入黑暗中後，卻與黑暗融為一體，彷彿他本從中來。

才經歷了查抄仰止齋一事，眾人回去都是驚魂未定，還有些後怕，皆不敢就這樣回房，而是聚在一起坐在了流水閣中，喝著熱茶壓驚。

因查出是宮女陷害，此刻誰也不敢叫宮女伺候。

閣內除去還沒回來的姜雪寧一共七人。

陳淑儀事不關己地道：「也算是她運氣好，膽子大，竟然敢直接頂撞太后娘娘，還敢說自己乃是臣女不是宮女，該由錦衣衛或者刑部來查，這才僥倖等來了陳大人和張大人，逃過一劫。不然咱們怕是見不著活的她了。」

姚蓉蓉卻不知為什麼想起了那個細節。

當時出宮去刑部找人的正正好是當日跪在坤寧宮外面的太監。

她小聲地自語道：「當真是僥倖嗎……」

蕭姝看了她一眼，不插話。

周寶櫻卻是眨巴眨巴眼，不住朝著門外看：「寧姐姐不是去道謝嗎？該一兩句就結束了，怎麼現在還不回來？」

姚惜臉色陰沉了些。

尤月察言觀色，幾乎立刻就注意到了這小小的異常，心思一轉，想起姚惜同張遮的關係來，忽然就明白了姚惜在介意什麼。

她可從來不怕火上澆油的。

當即便掩唇笑道：「救命之恩，又是雪中送炭，當然是要多說上幾句的。不過倒是沒想到，這位傳說中的張遮，瞧著雖冷了些，卻是一表人才，正人君子，姚惜姐姐好福氣了。」

即便知道尤月就是這麼個煽風點火、四處挑事兒的人，也被蕭姝與陳淑儀告誡過此人不可信，便是不遠著些也不要聽信、不要深交，可誰人聽了這話心裡能平靜？

張遮乃是她未來的夫君。

瓜田李下，姜雪寧無論如何該避嫌才是！到底是鄉間養大，沒規矩的野丫頭！

姚惜重重地放下了手中的茶盞。

陳淑儀當然也知道尤月是什麼貨色，但敵人的敵人便是朋友，她難得附和了一句：「是呀，姚惜妹妹好福氣。不過姜雪寧就倒楣了，此次雖然逃過一劫，可卻把太后娘娘得罪狠了。如今是眾目睽睽，大家都看著，太后娘娘未必會把她怎樣，可往後她還要在宮中，即便是長公主殿下護著，日子只怕也難過，未必能像現在一樣討好了。」

宮裡面有幾個不踩低捧高？

若知道太后不喜歡還上趕著去討好，都是找死。

陳淑儀這話一說，有人幸災樂禍，有人卻多少有些憂心。

只是這樣背後編排人的話也畢竟怕被人聽到。

畢竟也不是沒被姜雪寧撞見過，眼下這時機又十分特殊，叫她聽去誤以為是她們陷害了她，那才真真冤枉，是以很快就換了個話題。

尤月想著入宮也有好幾天了，再過兩日便可放出宮去休沐，於是想到自己此次入宮之前交代府裡的事情，忽然覺得這是個極好的機會。

自己不知道，可宮裡這些人見多識廣啊。

她聽她們正好講到揚州風物，便插了一句道：「聽說揚州的鹽商個個富可敵國，生活也甚為奢靡，只怕比咱們也不差呢。」

蕭姝道：「鹽行天下，這生意但凡做大點的都有錢。且江淮鹽場乃是各州府首屈一指的大鹽場，產鹽豐富，自然鹽商彙聚，相互攀比，食不厭精膾不厭細，別說是比咱們，便是比宮裡未必差的。」

眾人都沒去過揚州，聽了不禁驚嘆。

尤月卻是目光一閃，道：「可聽說蜀地自流井鹽場也很出名，怎甚少聽說那邊的鹽商有錢呢？」

這下都不用蕭姝說話，陳淑儀已淡淡地掃了她一眼，道：「蜀道天塹，向來難以通行，古來閉塞消息不傳，自流井的鹽場也算不得什麼第一流的大鹽場，怎能同揚州相比？」

看來還沒人知道任為志。

尤月暗自琢磨起那傳說中的「卓筒井」來，若是真，自流井也可躍居一流鹽場了，若能從中分一杯羹……

正在她想細問這天下鹽事的時候，姜雪寧回來了。

方妙先看見，喊了一聲。

陳淑儀意有所指地笑著：「姜二姑娘怎麼去了這樣久呀？」

姜雪寧手中還拎著燈籠，停步站在簷下，只搭著眼簾將其吹滅，回眸看了她一眼，淡淡道：「道中遇著謝先生，被攔下問了幾句。」

眾人看她不大有精神的模樣，再想起她在謝危那邊總是受訓，便以為她是再一次沒討著好。

這下倒是莫名有些舒暢了。

周寶櫻睜著一雙大眼睛，有些軟軟糯糯地道：「謝先生別是又罵妳了吧？」

姜雪寧看眾人又坐在屋裡一起茶話會的架勢，也不大想參與，便撒了個不大不小的謊，道：「還好，叫我明日照舊去學琴罷了。」

有幾個人才不相信真這麼輕鬆呢，都在心裡嗤笑。

姜雪寧卻只道：「今日著實受驚受累，也牽連諸位同我一道受了一場嚇，真對不住。我有些睏乏，便先回房睡了，諸位也早些休息吧。」

說完她隨手將那燈籠掛在了廊下，又順著廡廊回到自己的房內。

先前被人翻亂的房間已被整理妥當。

只是姜雪寧重新坐到那看似齊整的床榻上時，依舊感覺到不寒而慄，彷彿置身於冰冷的囚牢中。

✿

接下來的兩日，宮內出了奇得安靜。

姜雪寧再沒聽過什麼流言蜚語。

也或許是依舊在傳，可沒有一條再能傳進仰止齋，整個世界都彷彿沒發生什麼事一般。

唯有在走過長長宮道時抬眼看見偶有宮人向她遞來好奇的眼神時，她才能窺見這平靜之下藏著的暗流。

那一晚偶然的撞見，似乎並沒有改變她與謝危的關係。

照舊是三天兩堂課，練琴不落下。

只是她心裡很難平靜。

謝危連著叫她在那琴前坐了幾日，也難磨平她的躁意，後來便乾脆不管了，只叫她在旁邊坐著，他則坐書案那邊，埋首案牘，處理那成堆的公文，連話也少下來。

有時候姜雪寧會想，或許這才是謝危尋常模樣吧。

直到出宮休沐的前一日，她終於在御花園的角落遇到鄭保。

鄭保悄悄同她說，長公主殿下與臨淄王殿下那一晚到慈寧宮中，為勇毅侯府求情，觸怒了聖上與太后娘娘，一個被罰了禁足所以這幾天不能來上學，一個被聖上臭罵了一頓罰去太廟跪了三個時辰。

她不由愣住。

鄭保又抬眸望著她，眼底閃過一分嘆息，告訴她，那名陷害她的宮女在關進慎刑司的當天，便不明不白死了，什麼也沒問出來。

姜雪寧不知自己是怎麼到的奉宸殿偏殿。

她今日已來得晚了。

可謝危竟也還沒來。

她等了許久也不見人，坐在那一張蕉庵古琴前，只覺屋裡雖暖氣烘然，可手腳皆是一片涼意。

兩扇雕花窗虛虛開了小半。

有風嗚咽從外頭吹進來。

謝危的桌案一向收拾得整整齊齊，毛筆都洗乾淨懸在架上，用過的或不用的紙都用尺或鎮紙壓了，風來也不過翻開幾頁。

然而偏有那麼一頁竟只輕輕擱在案角。

風只一拂，它便掉在了地上。

姜雪寧的目光不由落下，過得片刻，還不見謝危來，便起了身走過去，將其拾起，垂眸看上面的字跡。

竟不是什麼信函，而是一份兩天前的邸報！

這一瞬，她心都沉進了冰窟！

——勇毅侯府，有勾結逆黨之嫌，未查明前，重兵圍府，無准不出！

「扣扣扣。」

正在這時，殿門被人敲響。

殿外伺候的小太監隔著門扇道：「少師大人那邊來人傳話，今日事忙不能前來，累姜二姑娘等一場，正好明日休沐出宮，也請姑娘好生休息幾天。」

姜雪寧看向窗外，不知不覺，歲暮已深寒。

距離那少年的冠禮，僅剩下十五日。

卷三

血冠禮，暗宮廷

第七十一章 天教

朝廷有大事，州府有政令，為使各部衙門知曉，皆印發邸報，每隔幾日送到官員們的手中。

以前姜雪寧坐在這偏殿裡靜心，謝危便往往在那邊處理公文。

但他向來是謹嚴的人，帶多少東西來便會帶多少東西走，絕不至疏忽至此，獨獨漏下這麼一頁邸報……

是故意放在這裡，給自己看的嗎？

姜雪寧無法往深了揣度。

在那小太監隔門通傳過之後，她又將這頁邸報仔仔細細地看兩遍，才走到書案旁，輕輕拿起上頭一方青玉鎮紙，把這頁邸報同其他用過的或不用的紙頁壓在了一起。

次日離宮。

雖然這些日來宮中發生了許多事情，甚至連樂陽長公主都還禁足未能得出，可眾位伴讀好不容易熬到了休沐出宮回家的日子，年紀又都不是很大，便是情緒再低落，也難免回升幾分，難得露出些輕快的笑容。

尤月更是高興極了。

她這些日來已從蕭姝、陳淑儀處問得了不少官鹽、私鹽的事情，只覺從中有大利可圖。在入宮以前，她意外從尤芳吟那賤人生的賤種手中得到了祕密消息，已經吩咐人下去在京中尋找任為志這個人，順便查查事情的真假。

如今已經過去了十天。

尤月相信，等回府，多半有個驚人的好消息在等待自己！

「又要同各位姐姐們道別了，沒想到宮中十日說起來長，過起來短，一朝要跟大家暫別，我心裡面還有些捨不得。」話雖這麼說著，可尤月眼角眉梢都是笑意。「只盼著休沐這兩日趕緊過去，能快些重新回宮，為長公主殿下伴讀，也與諸位姐姐們重聚。」

眾人幾乎都沒打點行李。

一則不過是暫時休沐兩天，二則在經歷過姜雪寧險些因為一張紙倒楣的事情後，眾人更不敢在出入宮廷時帶什麼東西，是以都輕裝簡從。

一大早，便往順貞門去。

眾人神情各異，基本沒接尤月的話。

姚蓉蓉卻是蹙起了耷拉的眉頭，憂心忡忡地嘆了口氣道：「不怕姐姐們笑話，我膽子小，宮裡的事情著實令人膽戰心驚。原以為貴人們的生活都稱心如意，不想也是步步驚心。唉，連長公主殿下和臨淄王殿下這樣尊貴的身分也會受罰……」

說著說著，聲音就小了下去。

像是怕被其他人聽見。

姜雪寧就走在她旁邊不遠處，聞言不由看了她一眼，竭力地回想了一下，也不過是記起這膽小怕事還不會說話的姚蓉蓉，上一世似乎也入了宮。

只是既不得寵，還受欺負。

若是真心懼怕宮裡那「步步驚心」的日子，還入宮幹什麼？

她想到這裡，目光便不由向著蕭姝轉了過去——

這未來差點成為宮鬥大贏家的女子。

照舊華服加身，氣度雍容，顯得平靜而沉穩，有那種高門世家才能養出的氣魄。

姜雪寧清楚地記得，上一世自己執意想當人上人，執意想要成為皇后，所以捨棄了燕臨、搶了姜雪蕙的姻緣，費盡心機地嫁給了沈玠。

整個過程雖顯艱辛卻並無什麼實際的危險和阻礙。

這一世她與沈玠的交集已然變淺，可反而遭遇了上一世不曾遭遇的陷害與驚險，到底是因為這一世她有了變化，讓暗中陷害之人心生危機，所以出手陷害，還是上一世本有這樣一場陷害但她因為某種原因並不知曉，或者陰差陽錯對方沒能陷害成呢？

蕭姝淡淡道：「長公主殿下與臨淄王殿下乃是天潢貴冑，不過是太后娘娘與聖上一時怒極才加以責罰罷了，豈能與其他人並論？」

姚蓉蓉頓時噤聲。

姜雪寧卻是心念一轉，故意露出笑容來，接上一句：「蕭大姑娘此言極是。且不說天潢貴冑尊貴身分，責罰只是讓他們想想清楚，不會動真格。便是真禁足罰跪幾日，長公主殿下或許憋悶，臨淄王殿下卻未必。眼瞧就是冬至時節，正是躲在府中畫歲寒圖的好時候呢，殿下說不準很高興能得著幾日閒暇呢。」

蕭姝原本是平靜地在前面走著，聽見「歲寒圖」三個字時，腳步卻是陡地一頓，不由回頭看了姜雪寧一眼，笑道：「姜二姑娘知道得可真多。」

沈玠雖然貴為臨淄王，後來更是被立為「皇太弟」，可他自來對政事不大熱衷，性情又軟和，一向更喜歡舞文弄墨。他有個極少為人知的愛好，便是冬月裡畫歲寒圖。她也是上一世嫁了沈玠後才知曉，尋常人卻很難知道得如此清楚。

沒想到，蕭姝也這麼清楚。

要知道，這時候沈玠還沒被立為皇太弟呢！且只聽說蕭姝與沈芷衣走得近，從未聽說蕭姝與沈玠也很熟識……

想著，姜雪寧心底冷笑了一聲，面上卻是溫溫和和彎起唇角，一副沒大聽懂蕭姝意思的神情。

蕭姝便也不說什麼了。

沒過一會兒，宮門已近在眼前，各府來接人的馬車和轎子都等在外面。

棠兒、蓮兒已經有整整十日沒見過自家姑娘了。

兩人都在馬車前等候。

姜雪寧從宮門裡出來，瞧見她二人卻是一怔：這兩個丫頭已穿上了暖和厚實的夾襖，頭面都收拾得整整齊齊，看上去皮膚白皙，面色紅潤，臉上帶著歡喜的笑容，一見到她便高興得直揮手。

「二姑娘，宮裡讀書可沒累著吧？」

「好久不見了真是想您！」

天知道沒有姜雪寧在府裡的日子，她們這兩個大丫鬟過得有多舒坦。月錢照領，也不用伺候人，更不擔心姑娘動輒跟太太和大姑娘掐起來。剛開始那陣還不大習慣這麼輕鬆悠閒，可等三天一過習慣下來，真是身體倍兒棒，吃嘛嘛香。腰不酸了，腿不痛了，頭髮也不大把大把往下掉了。

試問——

天底下有什麼比伺候一個要入宮伴讀的姑娘更開心的事呢？

所以蓮兒、棠兒現在見了姜雪寧才這般高興，因為只需伺候她兩日，很快又將迎來整整十日的「長假」，而且這種情況可以持續整整半年。

簡直感天動地！

兩人一個上來扶她上馬車，一個殷勤仔細地伺候好了茶水。

姜雪寧原還有些一頭霧水，可坐下來仔細一琢磨也就明白其中的關竅了。棠兒還好，多少矜持穩重些不那麼明顯，蓮兒兩隻眼睛都要瞇成彎月了，就差沒把「高興」兩個字寫在臉上。

她不由跟著笑起來。

故意逗弄她們道：「見了妳們家姑娘回來這麼高興啊？那看來是想我想壞了，要不我去稟明公主殿下，乾脆不伴讀了，天天在家裡，也省得妳們念叨。」

棠兒：「……」

蓮兒：「啊？別呀，入宮伴讀這樣好的機會——」

她說完就對上了姜雪寧似笑非笑的目光，後腦杓頓時一激靈，反應過來了，連忙把自己的嘴巴給捂上，一張臉上露出委屈巴巴的表情。

姜雪寧靠在了車內墊著的引枕上，看她們喜怒哀樂都放在臉上，直到這時才感覺到了一點久違的放鬆。

微風吹起車簾。

她順著那一角望去，車夫搖著馬鞭、甩著韁繩將馬車轉了個方向時，巍峨的紫禁城佇立在濃重沉凝的晨霧中，正好從她窗前這狹小的一角晃過，漸漸地消失——

這短暫平靜的伴讀時光，終究結束了。

馬車回姜府的途中，姜雪寧問了問近日府裡發生的事情。

蓮兒、棠兒這倆丫鬟享受歸享受，清閒歸清閒，可該知道的事情也是打聽得清清楚楚，一件不少。

姜雪寧一問，她們就樁樁件件跟她數起來。

她一入宮，府裡大家都喜笑顏開，尤其是原本那些曾受過她壓迫、刁難的下人們，個個高興得跟過年似的，孟氏也難得過了點舒心日子。

姜雪蕙則是收到了一些王公貴族家小姐的邀約，照舊是聽琴，賞花，作詩，除了被好些京中富貴人家打聽過親事外，倒與往日沒什麼區別。

只是姜雪寧聽著，撩起車簾向外面看，只見街上行人皆是腳步匆匆，恨不能把頭埋到地下，生怕招惹了什麼似的。

要知道京城乃是繁華地，怎會如此冷清？

勇毅侯府尊榮，建在朱雀門附近，樓閣亭臺，高牆連綿，足足延伸占去半條街。姜府的馬車回府也會從這條街的街尾經過。

然而這一刻，目中所見，竟是兵士列隊，把守在街頭街尾，個個身披重甲，手持刀戟，面容嚴肅，一雙又一雙鷹隼似的眼眸掃視著往來的行人。

姜府的馬車才一過去，就有人緊緊地盯著。

直到看見馬車上姜府的家徽認出了來頭，才收回了目光，沒有將他們立刻攔下。

姜雪寧默然無言。

棠兒見她神情，小心翼翼地放輕了聲音，道：「前些日忽然來了重兵將勇毅侯府圍了，我們姜府收到消息都嚇了一跳，老爺更是夜裡就起了身著人去打聽情況。然而都說此次事情甚大，且京城裡最近有許多遊民宵小流竄，夜裡悄悄在城門和各處商鋪的門口張貼告示，上面都寫著大逆不道之言。順天府衙和錦衣衛都出動了，到處抓人，牢裡面都關滿了，據傳都是什麼『天教』的教眾……」

天教！

據傳這一教好幾十年前便有了，初時只同佛道兩教一般，不想後來竟吸納了許多流民、遊俠，江湖綠林有許多無所事事的破皮破落戶，都加入其中，以「天」為號，供奉教首，一應行動悉聽教首號令。

二十年前平南王謀反，便是與天教聯合。

但後來平南王事敗，這位神祕的教首便直接率人退走京城，天教勢力亦在朝廷圍剿之中小了許多。

只是天教傳布甚廣，教首身邊更有兩人神機妙算。一者年長，都稱「公儀先生」；一者卻更少露面，只喚作「度鈞山人」。

雖少有人見過他們，可他們常能料敵於先。朝廷勢力雖大，兵力雖強，卻往往棋差一招，且天教教眾多是普通人，香堂隱蔽，是以對天教竟始終難以剿絕。近些年來，朝廷動作稍緩，天教便又開始在遠離京城的江南地帶活動，發展勢力。

如今是要捲土重來嗎？

姜雪寧只知道自己上一世有好幾次都遇到天教教眾襲擊，而謝危後來則幾乎將整個天教連根拔起，可她對這神祕的教派卻知之甚少，更不清楚他們如今想做什麼。

她只知道，勇毅侯府出事在即。

這天教勢力忽然又在京城現身，絕不是一件好事，只恐要被有心人拿去做文章！

抬起手來壓著自己的太陽穴，卻覺得裡面有根弦繃得緊了，繃得生疼，她問：「父親在府裡嗎？」

棠兒小心地道：「在的，知道今日姑娘要從宮裡回來，專在府裡等您回去說話呢。」

姜雪寧點了點頭：「一會兒回府我先去給父親請安，妳們去幫我打聽打聽清遠伯府的消息，尤其是尤芳吟那邊。」

第七十二章　往事

姜伯游在書房裡等了有一會兒了。

前些日宮裡面發生的事情早傳到了他的耳朵裡，只是最終有驚無險，聖上又給了姜雪寧一番賞賜，連家裡都賞下來不少，叫他這個做父親的只能滿口謝過天家的恩德，反倒不敢多過問些什麼了。

可回頭一想──

勇毅侯府前腳遭到拘禁，寧丫頭在宮中後腳就為人構陷，哪兒是那麼簡單的事呢？

姜伯游四十多歲的年紀，雖僥倖官至戶部侍郎，可至今想來也不過是當年幫謝危上京，有助於當今聖上登基，勉強算是從龍有功，所以如今在朝堂上還算過得去。

可他實沒有做大官的心。

到這位置上已經凶險萬分，再往上都是爾虞我詐，你死我活，牽扯甚大，功成身退的少之又少，大多數都是榮華富貴，一朝禍患。

便如今日的勇毅侯府……

「唉……」

姜伯游看著自己面前放著的那本始終翻不下去的《左傳》，長長地嘆了一口氣。

老管家掀了簾進來稟報：「老爺，二姑娘回來了。」

說完往旁邊讓開一步。

姜雪寧下了馬車便直接往姜伯游書房來，此刻便微微低頭從門外進來，向坐在書案後的姜伯游躬身行禮：「女兒拜見父親，給父親請安。」

寧丫頭養在府中，是一向頑劣不堪，便是入宮前一陣似乎長大了、沉穩了些，可姜伯游一想到宮裡面的事，總覺得憂心忡忡。

如今看她安然地立在自己面前，竟覺心裡有些難受。

他從座中起了身，走過來用手一搭她肩膀，仔仔細細，上上下下地看了一會兒，才點頭道：「好，好，坐下來說吧。」

臨床設了暖炕，皆放了錦墊引枕。

姜伯游便坐在上首。

屋裡有伺候的丫頭搬來了錦凳放在下首，姜雪寧坐下，打量姜伯游神情，才道：「棠兒說父親專程在家裡等我，不知是有何事？」

她面容恬靜，竟再沒有往日總憋了一口氣看人時的乖張戾氣，進一趟宮顯得比往日多了不知多少大家閨秀的修養氣度。

可無端端透出來一種壓抑。

姜伯游往日總盼著她能和雪蕙一般懂事知禮，如今回想起那個囂張跋扈的小丫頭，竟覺得若能一直那樣也不錯。

他自嘲地笑了一聲，想起自己將要說的話，一時竟覺有些難以啟齒，過了一會兒才垂下頭道：「妳在宮裡的事情，爹已經聽說了。外頭勇毅侯府的事情，妳也該聽說了吧？」

姜雪寧點了點頭。

姜伯游便道：「前些天宮裡面出了一件大事，內務府呈獻給太后娘娘的玉如意上竟刻有逆黨之言，這幾句話本是天教『替天行道』的口號，便是再怎麼查，查到平南王一黨餘孽頭上也就罷了。可不知怎麼，竟將勇毅侯府牽連了進去，懷疑勇毅侯府與平南王一黨餘孽，甚至與天教有勾結，甚至還說掌握了勇毅侯府與他們往來的書信。如今事實雖未查明，可朝廷為防侯府逃竄或作亂，已先圍了侯府，只等事情水落石出便要定罪。我看，是凶多吉少了！」

書信！

縱然早有了準備，可當從姜伯游這裡聽到更確切的消息時，姜雪寧依舊感覺到了一種宿命般的重壓。

上一世便是如此。

勇毅侯府之所以會被定罪，便是因為朝廷的的確確查出侯府與平南王逆黨有聯繫有往來，且掌握了書信。可這也是她上一世最困惑的地方……

姜雪寧看向了姜伯游：「據聞平南王一黨氣數已盡，更不用說連平南王本人都已身死，如今的逆黨不過是一盤散沙，連天教都不如。勇毅侯府掌著天下三分的兵權，二十年前更與定國公府一道率軍擊退了平南王與天教的叛軍，解了京城之圍，按說是不共戴天的死仇，怎會在事後許多年還與逆黨有聯繫？」

「果然，連妳都覺著不合理吧？」姜伯游苦笑了一聲，「可正因如此，才顯得很真。到底是可憐天下父母心啊！」

姜雪寧怔住。

她不明白姜伯游何出此言。

姜伯游看她迷惑，便慢慢道：「此禍全源自於二十年前那一樁『三百義童』的慘事。這麼多年來，三家雖一直不曾對外張揚，好像此事從未發生過一般，可如今暗潮湧上，方知他們是誰也沒有忘記過。尤其勇毅侯府，對此更是耿耿於懷……」

是姜雪寧知道的那個故事。

只是比起仰止齋中方妙所言，姜伯游的講述中，竟有方妙所不知曉的內情。

也或許，依舊是冰山一角。

「蕭氏曾與燕氏聯姻，彼時蕭太后在宮中做皇后，蕭遠襲爵當了定國公，又得蕭太后說媒，娶了勇毅侯的姐姐燕氏為妻，不久誕下一子，取名『定非』，早早便封了世子。」

「皇族，蕭氏，燕氏，如此便連為一體。」

「當年平南王與天教逆黨率軍攻入京城時，燕夫人正攜著年幼的定非世子，在宮中與皇后、太子，也就是如今的蕭太后與聖上宴飲。」

姜雪寧立刻就察覺到了那點不一樣的地方：「可聽傳聞，當年聖上因在宮中，躲藏逃過了一劫，而世子卻因年歲與當時還是太子的聖上相仿，被天教與平南王逆黨抓去，成了那『三百義童』之一。」

如果當時小世子在宮中，怎會被抓？

如果小世子被抓，太子又憑什麼能逃過一劫？

姜伯游當年也在京城，雖只不過是個小小的秀才，可也算是曾親歷過這件事，對於如今世上許多與「三百義童」有關的傳聞，聽了大多不過付之一笑。

可笑過後終究唏噓。

他嘆了一聲道：「逆黨抓了三百孩童仍未找出太子，便布告整個京城以這三百孩童的性命為威脅，逼皇族交出太子。天下雖從來是君為上，臣為下，萬民供奉天子，可這些孩童的父母又如何能坐視自己的骨肉殞命？京城都被攻破，皇族將倒，城中到處都是流言蜚語，便是皇族也要想想民心。然而太子乃是皇室血脈，天潢貴胄，當時的如今，未來的天子！怎能為了區區三百平民孩童而落到逆黨手中？」

姜雪寧心中忽然一突。

姜伯游莫名笑了一聲，道：「當時宮中僅有世子與太子殿下年紀相仿，又熟知宮廷中事，禮儀氣度皆不出錯。後來京城之圍解除，宮中倖存者皆稱定非世子年歲雖小，卻心有家國君臣之大義，一為太子之安危，二為三百孩童之性命，挺身而出，自冒儲君之名，獻首叛黨逆臣。只是沒想到叛軍賊子毫無人性，得了人後竟不如約放走那些孩童，反在援軍到來之前，盡數將人屠戮，一個活口也沒留下！」

當年那慘烈的場面，依稀還在眼前。

姜伯游搖了搖頭：「當年的小世子多半也已殞身，可出事時在冬月，待能把人從冰裡挖出來後，都已經難以辨認。是以燕夫人還存了一分希望，認為自己的孩子不在其中，死活要去尋找，甚至一朝與蕭氏反目，和離回了勇毅侯府。她雖沒兩年就因病去世，可勇毅侯府這些年來承她遺志，一直有在暗中找尋小世子的下落。」

姜雪寧聽了只覺心底發寒，隱隱明白了，卻道：「您的意思是，勇毅侯府之所以會被人搜到與平南王逆黨聯繫的書信，是因為他們還想找尋小世子的下落，而當年對這些事情知道得最清楚的，除了天教，便是平南王一黨……」

姜伯游點頭：「此事也是皇族與蕭氏的心病！」

當年的小世子也不過才六七歲，什麼「年歲雖小卻心懷家國君臣大義挺身而出」，說給平民百姓聽便罷了，他好歹也是在官場上浸淫過許多年的人，真不信這些冠冕堂皇的好聽話。姜雪寧又想起上一世種種的蛛絲馬跡來。

原來與平南王逆黨有書信往來，是為了尋找那個或許根本早已不存人世的「定非世子」……

她覺得茫然：「所以勇毅侯府之難，竟是無解嗎？」

姜伯游知道她同燕臨也算得上青梅竹馬，此刻心裡絕不好受，可他們一家比起跺跺腳整個朝堂都要抖上一抖的大家族，實在無足輕重。

他沉默了許久，才懷著愧疚道：「是父親無能。早些月侯爺問起，還曾提過妳與燕臨的親事，說只等那小子冠禮一過，便準備起來。小侯爺平日裡雖總翻咱們府裡的牆，我也常罵他，可實則欣賞他少年心性，能文會武，與京中那些紈褲不同，為父對他很滿意。可惜造化弄人，我姜府不被牽連其中已是萬幸，舍不下那臉做落井下石之事，然而要雪中送炭，也恐引火焚身……」

這意思，是說她與燕臨的親事不成了。

姜伯游該是覺得她與燕臨情誼深厚，若不提前告知她這消息，恐她驟然得知，做出什麼不理智的驚人之事來。

姜雪寧聽了卻無比平靜。

意料之中罷了。

且她自重生回來的第一天開始，便在思考要如何面對這局面。如今它終於到來，她反而有一種奇怪的麻木，心裡沒了先前的焦躁，澄清得像是一片湖。

書房裡一片安靜。

姜伯游只用憂心忡忡的眼神看著她。

姜雪寧靜坐良久，竟然緩緩起身，再一次朝著姜伯游拜下：「如今勇毅侯府遭難在即，女兒知曉父親並無力挽狂瀾之能，但侯府有恩於姜府，燕臨有恩於女兒，是以今日雪寧有個不情之請。」

姜伯游從未見過她如此鄭重模樣，不由愣住。

姜雪寧卻平靜地說出了自己的打算：「往日燕世子曾贈與許多貴重之物。侯府若遭難，必被抄家。朝野上下什麼事情不用錢來打點？便是將來獲罪，家眷流徙，也無一處不缺銀子。女兒有心想變賣舊物，又恐事急價賤，更恐多事之秋牽連府中，所以想請父親幫忙。」是了。

勇毅侯府遭難全無預兆，如今重兵圍府，也全無區別軟禁，便有偌大家財也無處去使，帶得一錘定音落了罪，家財抄沒都是最輕。

姜伯游素知燕臨對寧丫頭毫無保留，只道寧丫頭沒心沒肺；卻沒想，她還記得旁人的好，且願圖報。

他眼底有些淚，便要答應下來，只是轉念一想又不由有些發愁：「可如今情勢危急，朝野上下誰也不敢為侯府說話。便是備好了錢，也不知該去誰處打點，更不知誰敢為侯府打點……」

姜雪寧微微閉上眼，只道：「父親不必憂慮，剩下的女兒自有辦法。」

有時雖恐養虎為患，可不得已時也只有喂上一喂。

往日門庭若市的勇毅侯府，如今是被重兵所圍，連只鳥雀都不敢在臺階上停留。雕梁畫棟，皆染冷清。

多少年繁華似乎便成一夢，人人惶急自危，不知何日那高懸的屠刀會落到脖頸。

侯爺燕牧躺在床榻上，臉色有些蒼白，還不住地咳嗽。

燕臨端著藥碗坐在他窗前，笑他：「早幾日下雨天，叫您別喝酒，您不聽，還非拉了我一道，如今風寒都犯上來，還連著頭風。可知道自己錯了吧？」

燕牧嫌棄得很：「這藥都是苦的。」

燕臨身邊伺候的青鋒才剛進來，抬眸打量，放低了聲音問：「侯爺，世子，靈運軒月前為世子冠禮所承制的請帖已經送來，管家正在府門前同那些兵士檢查，特差屬下回來問，這些請帖……還要不要，發不發？」

燕牧看了燕臨一眼。

燕臨正在藥碗裡攪動著的木匙一頓，連眼皮都沒抬一下，只道：「要，且還要發。為什麼不發呢？」

燕牧嘆了口氣道：「侯府如今這光景，便是發了請帖，又有幾個人敢來，何必呢？」

燕臨不為所動，面上平靜極了：「不逢危難，不見人心。如今上天既賜予了我們看清的機會，父親與我，何必辜負？」

燕牧怔住。

燕臨只對青鋒道：「去回管家吧。」

青鋒有些驚詫地望著自家世子，彷彿沒想到他會說出這樣一番話來，好半晌後才反應過來，躬身應了退出去。

燕臨服侍燕牧喝藥。

燕牧沉默良久。

等藥都喝完了，才靠在他扶起來的枕上，眨了眨眼，有些艱澀地開了口：「『水滴石穿，聚沙成塔』，學琴二十三年。那位謝先生，當真如此對你說嗎？」

燕臨盯著那空了藥碗，道：「是。」

燕牧忽地笑了出來，長滿皺紋的眼角緩緩淌下老淚。

第七十三章　炒股

臨走時候，姜雪寧想了想，道：「父親，還有一事。女兒接下來這半年大約都在宮中，算算差不多十日才回府一次，在府中待的時間著實不長。但我房裡卻養了一干丫鬟婆子，日常雖需要人掃灑，卻也用不到這麼多。不如回頭我省去幾個。棠兒、蓮兒兩個丫頭待我倒算忠心，不知能不能請府裡管事婆子帶著，學著看看帳本，也或者鄉下有什麼田莊產業之類的，能帶她們長長見識，多去看看？」

姜伯游尚還沉浸在自家二姑娘終於懂事了的欣慰與複雜中，乍聽她這番話，卻是有些一頭霧水：「丫鬟婆子不用了裁一半本沒什麼，妳那兩個大丫鬟要學看帳本、經營產業，這是為什麼？」

姜雪寧覺著此刻時機再好不過。

她斟酌著開口道：「宮中所發生的事情，父親既然已經瞭解，便該知曉女兒當時置身於何等險境之中，又是怎樣的大幸才能避過此禍。女兒從小在鄉下由姨娘養大，初入京城也確覺京中萬事繁華，不同於田野間的散漫。可如今經歷過這些事，卻覺得京城固然繁華，可未必真有鄉野間自在。女兒想法幼稚還請父親莫笑，是想等伴讀結束後，能離開京城，回鄉野莊子上住一段時間。」

姜伯游愣住。

他只覺寧丫頭這話說得驚世駭俗，讓他一萬分的意想不到，可仔細思量她所述之因由，又覺一個人若有了這樣的經歷，的確有可能生出與她一樣的想法來。

此刻的愧疚便更壓不住。

他張了張口，過了有一會兒才道：「小女孩兒家家的，連人都還沒嫁呢，說什麼出門？妳同燕臨雖是有緣無分了，可將來未必不遇著一個與燕臨一般對妳甚至對妳更好的人。便是想要離開京城，也最好是找個好人家託付。妳放心，爹爹也知道妳心裡苦。只是妳母親她，她，唉……」

有心想為孟氏辯解幾句。

可話到嘴邊，對著姜雪寧那一雙黑白分明的漂亮眼睛，卻是沒了聲息，末了只能化作一聲嘆息。

姜伯游拍了拍她的肩膀，只道：「妳也累了，在宮裡只怕連覺都睡不好吧？回房去好好休息吧，至於棠兒、蓮兒兩個丫頭，既然妳想，回頭我便給管家交代下去，都照著妳說的辦。」

姜雪寧眼下挑這個時機說出來不過是先做一番鋪墊，免得半年之後自己驟然提出要離開京城，家裡人都覺得不可接受，所以姜伯游並未直接應允，也在意料之中。

她既不爭取，也不反駁。

而是乖覺地點了點頭，躬身道禮告退，從書房出去。

陪姜伯游聊了好一時，棠兒蓮兒卻都已打探消息回來了，守在廡廊下，見她出來便跟在了她的身後，壓低了聲音悄悄道：「不得了！清遠伯府的婆子說，芳吟姑娘自上回得罪了尤月小姐後，便被關了起來，足足六七天才放出。可這還沒消停幾日呢，尤月小姐又從宮裡回來了，還不知要怎麼折騰她！」

尤月現在才沒工夫去折騰尤芳吟呢，坐在自己屋裡，聽了小廝和婆子回上來的話之後，兩隻眼睛都亮了起來：「你們說的可是真的？」

婆子還有些迷惑，不知她為何如此在意。

但小姐在意就證明這件事重要，於是越發確定地說了起來：「都是真的，那任為志就住在京城蜀香客棧，成天跟別人說他研究出了新的玩意兒能打什麼更深的井。可大傢伙兒看他個破落戶，要的錢又多，誰也不敢入什麼股。我們奉小姐的吩咐去打聽的時候，那客棧的掌櫃正催他給房錢，說再不給就要攆他出去了。這年頭，怎麼連這樣的江湖騙子都有呢？」

看來這個任為志如今過得相當不容易啊。

可若那卓筒井是真……

尤月站了起來來回走動，往外看了看，見著天色還很早，只道：「我出宮也不過只能在家中待幾天，這種機會錯過往後哪裡去找？你們別廢話了，立刻著人去給我備馬車，我要出門。」

婆子嚇一跳：「您去哪兒？」

尤月嫌惡地看了她一眼，顯然覺得她不夠機靈且話還多，沒好氣道：「當然是去蜀香客棧！」說完又想到尤芳吟，問：「那小蹄子這陣還老實吧？」

婆子道：「一天只給一頓吃，可老實。」

尤月眼珠子一轉，琢磨起來：「本小姐金枝玉葉，豈可與那些下賤種一般拋頭露面？那小蹄子一看就曾跑去市井裡偷混過才知道這些消息。妳去，把那賤種帶了，給她換身乾淨點的衣裳，叫她跟我一起出門。」

婆子驚訝極了。

她實在想不明白自家姑娘要做什麼，有心要多問幾句，又怕被她責罰，只好滿腹狐疑地去柴房裡提人。

入冬後天氣轉寒，柴房陰冷漏風，只給了一床棉被。

尤芳吟抱著自己的膝蓋，縮坐在牆角。

髮髻淩亂，衣衫髒汙，且因為總是又餓又冷，夜裡總不大能睡著，兩隻眼睛裡都長滿了血絲，眼瞼下面更是一片烏青，整個人看著比十天前憔悴了不知多少。

婆子從外面進來時，她抬起頭來看人都是重影。

直到聽見聲音她才反應過來。

開口時喉嚨乾澀，聲音嘶啞：「二姐姐要放我出去？」

婆子對著尤月不敢怎麼樣，對著她卻是抬高了鼻子輕嗤一聲，連她的話都不回答，只叫旁邊的粗使丫頭把一桶冷水放在地上，然後扔下一身下人穿的布裙，道：「趕緊把自己收拾乾淨，一會兒跟二姑娘出門。」

說完哼一聲便走了。

尤芳吟在牆角裡愣了好一會兒才反應過來，一下站起身來，卻覺得腦袋裡氣血一漲，一片天旋地轉，險些倒下去。還好她連忙扶住了旁邊的柴堆，才慢慢緩過勁兒。

二姐姐向來不待見自己，如今卻要她換一身乾淨衣服和她一起出門……

是為自流井鹽場的事情嗎？

尤芳吟腦海裡終於又漸漸浮現出姜雪寧同自己講這個故事時的神態，也想起她不願提起自己在宮中被欺負時低垂的眉眼，只覺這十天的熬煎都忽然有了回報，壓得她喘不過氣來的黑沉天幕都彷彿亮了幾分。

她咬緊了牙關，強忍著令她戰慄的寒冷，在這柴房裡脫去自己髒汙的衣裳，用木桶裡冰冷的沒有溫度的水擦拭自己滿布新舊傷痕的身體。

然後穿好那簡單的布裙。

重新綰了髮後，素面朝天地從柴房裡走了出來。

尤月早已經在側門外的馬車上等得不大耐煩了，眼瞧著尤芳吟跟個癆鬼似的跟著婆子走過來，便奚落她：「看看這可憐的小模樣，倒跟妳那命賤的娘一樣。怎麼，現在沒力氣來頂嘴了吧？」

尤芳吟行禮：「見過二姐姐。」

尤月翻了個白眼，徑直放下了車簾，道：「妳就坐在外面車轅上，別進來髒了我的車。」

尤芳吟還有些不明白：「二姐姐這是要去哪裡，又帶我幹什麼？」

尤月只道：「給妳一個將功折罪的機會。現在本小姐要去蜀香客棧，會會那任為志。妳若能幫本小姐把這差事給辦好了，本小姐下次入宮的時候就不罰妳在柴房，還能放妳出去給妳那個死了的娘上幾炷香！」

尤芳吟心頭忽地一震。

尤月卻已冷笑一聲警告她：「不過妳可千萬別耍什麼花招，不然有的是法子治妳！」

尤芳吟已經意識到絕好的機會來了，她從小就在別人的鄙夷與打罵之中長大，對尤月這般的惡言惡語倒沒什麼感覺，忍耐力驚人。

她訥訥地應了一聲：「是。」

然後便老老實實地爬上了車轅，有些害怕地緊緊抓住，隨著車夫同情地望了她一眼甩開馬鞭，馬車便駛出了清遠伯府，往蜀香客棧去。

姜雪寧聽見棠兒、蓮兒兩人的回稟，只覺得頭大如斗。

尤芳吟固然聽話，固然可憐，也固然肯努力，可這後宅之中要施展開拳腳何等困難？連點出府的自由都沒有，成日裡還被尤月給拘著，沒有半點反抗的能力，實在叫人憂心忡忡。

她一面用午飯，一面都在嘆氣。

棠兒不住地安慰她：「尤姑娘能得您出手相救已經是少有的福分了，天下女子個個都在家聽父母，她一時半會也擺不脫這局面啊。您吃飯就吃飯，可千萬別嘆氣了，聽得奴婢們都跟著發愁了。」

蓮兒也苦著臉：「是啊，也想不出辦法啊。」

姜雪寧把筷子一放，索性不吃了，只道：「誰說沒辦法？端看敢做不敢做。」

上一世的尤芳吟在賺到了「第一桶金」之後不久，便尋了個府裡上下誰都沒注意到的機會，從尤府逃了出去，找了她在三教九流裡認識的人買了路引，又借著商路上的關係一路出京，乾脆地背井離鄉去江南開拓自己的版圖。

至於清遠伯府？

也不過就是走丟了一個無足輕重的庶女罷了，報完官之後只當是被拍花子的拍走了，便沒再理會。直到幾年後尤芳吟富甲一方改頭換面重回京城，清遠伯府的人才將她認了出來，可這時伯府已然敗落，更不用說尤芳吟錢能通神，根本不憚一個小小伯府，所以什麼麻煩都沒有。

只是這一世的尤芳吟多少有些懦弱，且上一世尤芳吟這種乾脆離開伯府一個人去闖蕩天涯的魄力，連她也未必有，怎麼敢奢望這一世的尤芳吟也這樣做呢？

所以姜雪寧也是真的發愁。

她左思右想也沒想到個讓尤芳吟脫困的好辦法，乾脆暫時放下了，轉而道：「有芳吟那邊的消息就繼續聽著，先備馬車，我們去蜀香客棧。」

那傳說中的任為志，姜雪寧還沒見過。

雖然現在也沒準備出手，不過若能先見見人，心裡也多少有底些。

只是她沒想到，馬車才出府沒一刻，距離城西蜀香客棧還有足足兩條街，車裡正悄悄往外看的蓮兒便瞪圓了眼睛，一臉驚訝地扯了扯她，朝車外指：「姑娘，姑娘！您看，是不是奴婢眼花了，那不是芳吟姑娘嗎？」

姜雪寧不相信：「什麼？」

她趕緊湊上前來，順著蓮兒手指的方向看去：斜前方不遠處，一輛馬車正調轉方向，車轅上除了坐著一名車夫之外，竟還坐著一名面容清秀的姑娘，瞧著雖然瘦了許多，也憔悴了許多，可那模樣不是她剛才還想見的尤芳吟又是誰？

姜雪寧愣住：「那是尤府的馬車？」

蓮兒連連點頭：「對啊，尤府的馬車，這也太奇怪了！」

也不知說的是尤芳吟能出來很奇怪，還是她坐在車轅上很奇怪。

又或者都有。

姜雪寧盯著那方向看了良久，卻是突地笑了一聲，只道：「叫車夫遠遠跟上，也不用太近。我看她們的方向倒和我們一樣，不如慢些，看看她們要做什麼。」

棠兒遲疑：「可您不是要去找那任為志入什麼乾股嗎？」

若是被人搶先……

姜雪寧打量尤芳吟許久，確認她看上去雖然憔悴可身體並無大礙的模樣，才慢慢放下了車簾，只道：「這事不急。」

棠兒驚訝極了：「怎會不急？」

姜雪寧也不好解釋其中關竅，只是忽然想起上一世某個令她印象深刻的詞來，於是笑起來道：「聽說過『炒股』嗎？」

不是誰先入場誰就贏的。

第七十四章　一招鮮

「雖然不知道妳哪裡聽來的消息，不過我已經派人打聽清楚了，的確有任為志這麼個人，他家在自流井也的確有一個上了些年頭的鹽場，不過現在已經基本不出鹽了，連長工都找不出幾個。」一眼瞧著蜀香客棧已經在望，尤月同尤芳吟交代了起來。「我的身分可同妳不一樣，這什麼蜀香客棧也不知是什麼醃臢汙穢之地。到時馬車我就停在外面，到對面茶樓等妳。妳便進那客棧把事情問清楚，一會兒過來回我。別人若問起妳身分，妳便說妳只是來探聽消息的，背後還有大主顧。可別在外人面前裝什麼大尾巴狼！」

完全是把尤芳吟當丫鬟用。

且用起來還比丫鬟省心。

這小賤蹄子既然能有筆來路不明的錢，說不準便是自己賺來的，不管是真是假，派她去一則能掩人耳目，避免她親自出面；二則能試試這蹄子的深淺，看她是不是藏了什麼貓膩；三則這事情若出了什麼意外，也方便她直接栽贓到尤芳吟的頭上。

若是用自己的丫鬟婆子可沒這樣的好效果。

尤月對自己一番謀劃十分滿意。

尤芳吟聽了這些也不說話，一副逆來順受模樣。

馬車一到蜀香客棧對面就停了下來。

尤芳吟下了車。

尤月只道：「記得別跟人說妳是清遠伯府出來的，話都問仔細些，尤其是鹽場的情況和他需要的銀錢，都記在心裡。」

尤芳吟點了點頭，便朝蜀香客棧走去。

蜀香客棧聽名字便知道，是蜀地來的商人在此地開設。

京城城西一向不是什麼王公貴族建府之地，倒是有許多瓦肆勾欄，大街上走著的也大多是南來北往的三教九流，甚至有些乞丐坐在街邊上行乞。

還好尤芳吟也算是見過「大場面」的人了。

畢竟上一回接觸的是生絲生意，進出的是江浙會館，走過了大小數十商會，眼下雖然也有一些忐忑，可小小一家蜀香客棧，還不至使她手足無措。

也是在這一刻，她清楚地意識到——

自己已經和以前不一樣了。

站在客棧門口，她用力地握了握手指，深吸一口氣，走了進去。

這家客棧上下兩層，占地不小，可內裡的裝潢極為普通，看著甚至有些陳舊破敗，大堂內少數幾張桌子上還留有刀痕，也不知以前到底發生過什麼。

已經過午，下頭並無多少客人。

只有少數一些小商販和路人在此歇腳，點壺酒並幾盤菜坐在角落裡吃。

掌櫃的也無精打采地立在櫃檯後。

尤芳吟走進去時他看了一眼，打了個呵欠，跟沒看見似的。直到那眼皮搭下，要碰著下眼瞼了，他才猛一激靈，反應過來有客人了。

只是睜開眼將尤芳吟上下一打量，又有些納悶。

如今京城風聲鶴唳，一個姑娘獨身出來可不多見。

他笑了笑，好奇地問：「姑娘打尖兒還是住店呀？」

尤芳吟看了旁邊樓梯一眼，道：「找人。」

那掌櫃的臉上的笑容滅了下去，神情也變得古怪了起來，竟道：「不是吧，也找人？姑娘，您別跟我說您也是來找樓上那個姓任的吧？」

尤芳吟有些驚喜：「任公子在嗎？」

掌櫃的本已經翻開了帳本，拿出了算盤，就要接待客人，這會兒白眼一翻直接把帳本合上了，連頭也不抬一下便指了左邊樓梯，道：「樓上左轉最裡面那間。不過半個時辰前才有人來找他，現在還沒走呢。」

早知道這麼多人來找，就該按著人頭收錢。

來一個找他的，就收幾文錢，也好補貼補貼這窮鬼欠的房錢！

尤芳吟卻是不知現在任為志是什麼處境，聽見掌櫃的指了路，心裡十分感激，向他一欠身道：「多謝掌櫃的，那我先在下面等會兒吧。」

也不知是不是談生意，若打攪了旁人便不好。

她沒帶錢，不能點東西，是以說完這話便在旁邊站著等待。

說來也巧，沒站上一會兒，樓上就有人下來了。

腳步踩在那年久的木樓梯上，咯吱咯吱響。

尤芳吟抬起頭來，就看見一名身著長衫的青年從樓上走了下來，面容尋常，身材瘦削，卻一副怡然姿態，背著手，指間還把玩著一塊和田黃玉的扇墜兒。

他走下來便停在了櫃檯前面，打袖裡摸出張銀票來，徑直擱在了掌櫃的面前，道：「樓上任公子的房錢，多出來的是以後的。若時間長了，都記在帳上，每逢初一十五往城東幽篁館來結。」

掌櫃的嚇了一跳：「哎喲，闊綽！」

他一把將那銀票拿起來看，看著上頭明晃晃的「通和票號一百兩」七個字，登時喜笑顏開：「看來要恭喜這位貴人，也要恭喜任公子了，這是談成好生意了啊！」

此人不是旁人，正是如今不務正業的幽篁館館主呂顯，掌櫃的這樣市儈的嘴臉他也見多了，當下擺了擺手便道：「不過是順手周濟一下，還沒談什麼生意呢。」

掌櫃的立刻道：「知道，知道。」

呂顯心裡罵你知道個屁，嗤了一聲，也懶得多搭理什麼，轉身就走。

這時掌櫃的心情好了不少，便向站在另一側的尤芳吟道：「姑娘，現在任公子的客人走了，您可以上去看看了。」

尤芳吟這才知道青年文士便是任為志的客人。

她不由多看了一眼。

呂顯見著個姑娘在這種三教九流聚集之地，雖然也覺得有些奇怪，可初時也未多想，便走了過去。

可聽見掌櫃的那一聲時，他腳步陡地一停。

這姑娘竟也是來找任為志的？

呂顯沒有忍住，轉過身回頭望去，這一下無巧不巧和尤芳吟視線對上。

真真是「荊釵布裙」，這一身素得有些寒酸了。看五官生得不錯，算是清秀，可瞧著卻有些病弱瘦削，襯得一雙眼睛格外地大，格外地亮，一眼望去時竟有些驚人。

他頓時怔了一怔。

那姑娘彷彿也沒想到他會回頭，嚇了一跳，整個人跟只受驚的兔子似的，連忙收回了目光，只朝著他略帶歉意地一欠身，然後便往樓上去了。

呂顯的眉頭不由皺了起來：難道是任為志的親眷？可也沒聽說他有什麼姊妹，更沒聽說他有家室啊。

他心裡生出幾分狐疑。

腳步一轉，從這簡陋的客棧裡走了出去，誰想剛一抬眼就瞧見了街對面停著的那輛馬車，再一瞅上頭的徽記，眼皮猛地一跳，腦海裡電光石火地一閃：尤府有馬車，對面的茶樓裡該有尤府的主子，剛才他遇到的那姑娘瘦弱憔悴，雖穿著丫鬟的衣裳卻連個丫鬟也不如，然而觀其神態又不似丫鬟，難道是……

「清遠伯府那個庶女？」呂顯一臉見鬼地再一次回過頭朝著蜀香客棧裡面看了一眼，眸底閃過深深的思量，末了卻是笑了一聲。「有意思！真是有意思……」

他輕一撫掌，心下已有了決斷。

原本是打算直接回幽篁館，這時卻改了主意，上了在路旁等候的軟轎，道：「去謝府。」

尤芳吟上了樓。

左轉最裡間。

她停步在門外，伸出手來，輕輕叩了叩門：「請問任公子在嗎？」

任為志今年二十四歲，屢試不第，二十歲之前連個童生都沒考過，便歇了這心思，在父親去世後接手了家中鹽場。只是家中鹽場傳了三代，經歷過上百年的開採，早接近枯竭，他又一身書生氣，不善經營，才兩年下來家中境況便大不如前，甚而每況愈下。

到如今原本的長工都已經走了。

他四處借錢不成，不得已變賣了好些祖產才湊夠了上京的盤纏，在京中熬了有快一個月，有許多人聽了他發明卓筒井的事情，都來客棧探聽消息。可這些人大多並不是真的要借錢給他，或者出錢入股，只不過是想騙他手中的圖紙一看。

一來二去騙不到，自然慢慢散了。

這客棧之中來找他的人也越來越少，甚至有不少人說他就是個騙子，敗盡了祖產，又經營不好鹽場，才打著什麼發明的旗號上京來招搖撞騙。

用那些人的話來說——

數百年來那麼多人都沒想出往深處打井的法子，你一個埋首讀書的呆子，連鹽場都沒去過幾回，更沒親自汲過鹽鹵，竟說自己有辦法。想也知道是紙上談兵，說得好聽！

剛送走呂顯，任為志有些心灰意冷。

接觸過了那麼多人，且也曾是在科舉場上待過的，他能看出這呂照隱絕不是個小人物。只是對方完全沒有像其他人一樣急切，雖也打聽他自流井鹽場的情況，也問他卓筒井的情況，甚至願意給他銀子暫作周濟，卻偏偏絕口不提出錢入股的事，只說過幾日再來找他。

任為志不知道自己還能撐多久。

他穿著一身深藍的錦緞長袍，袖口已經有些發皺，白皙的面容上一雙好看的丹鳳眼，嘴唇不薄也不厚，是一副自小沒怎麼受過苦的面相，眉目間多少有些放不下的自是。眼下偏愁得在屋內踱步。

聽見叩門聲伴著那問詢的聲音起時，他先是一怔，接下來才連忙走上前去應門，只道：「在的。」

「吱呀」一聲門拉開。

任為志看見了立在外面的人，竟是個一身素淨的姑娘。

他朝她身後望瞭望，也的確沒看見旁人，不由有些困惑：「是，姑娘找我？」

尤芳吟沒料著他開門這樣快，叩門的手還舉在半空中，這時便有些尷尬地放了下去，道：「如果您是任公子的話，那我找的便是您了。」

任為志不認識她，只道：「姑娘為什麼事？」

尤芳吟想起做上筆生絲生意時許文益教給自己的話，該言簡意賅時絕不賣關子，便十分簡短地道：「自流井，鹽場，卓筒井，出錢入股。」

任為志頓時微微張大了嘴，只覺不可思議：這姑娘看上去可不像是有錢的樣子啊！可京城裡什麼人物沒有呢？

自己一無所有，總不能是誰搞了個美人計來騙他的圖紙吧？

他想到這裡忽然自嘲地笑了一聲，往後退開一步來，將尤芳吟往裡面讓，道：「原來也是為鹽事來的，請進。還未請教姑娘如何稱呼？」

尤芳吟以前雖同許文益談過生意，可許文益年紀不小連孩子都有了，她只當許文益是長輩。這任為志卻與她同齡。

進了他這寒酸的客房後，她難免有些拘謹，只道：「我姓尤。」

任為志點了點頭：「那在下便稱您『尤姑娘』吧，請坐。」

客房裡只一張光禿禿的方桌，上頭擱著一盤已經冷掉的玉米烙餅，並幾隻茶盞，一壺茶水。邊上擺了三把椅子。

他請尤芳吟坐到了自己的對面，然後端了茶壺為她倒上一盞茶，慚愧地一笑：「前些天待客為人奉上這樣粗淡的茶水時，在下尚有些抹不開顏面，可山窮水盡至此，便是想做面子也做不了了。境況所迫，還請尤姑娘不要嫌棄。」

尤芳吟倒有些受寵若驚，雙手將茶盞接了過來，只想起自己在伯府裡是連口粗茶也喝不上的，一時竟覺有些荒涼，只低低道：「不嫌棄的。」

任為志看著她。

她捧著茶盞喝了一口，目光一垂時看見了那盤冷掉的玉米烙餅，便抬眸望了任為志一眼，慢慢道：「這我能吃嗎？」

任為志一怔，看了看那盤烙餅，一張臉都快燒了起來，說話也變得磕磕絆絆：「這、這，中午的，吃是能吃，只是已經放冷了……」

尤芳吟彎唇笑：「沒關係。」
她只是有些餓了。
得了主人家的應允，尤芳吟便暫將茶盞放下，從那盤中拿起一塊玉米烙餅來，小口小口地咬了吃。
冷掉的食物滑入腹腔，被身體的熱度溫暖。
她明明也沒覺得自己很委屈，可才吃了幾口，眼淚便不知覺地一串串地滾落下來，險些哽咽。
任為志只以為是來了個不同尋常的主顧，哪料著她連半塊烙餅都沒吃完便哭起來？一時之間手忙腳亂，想找方錦帕來遞過去，可半天也沒找到。
只能乾乾地道：「妳，妳別哭，別人還以為我怎麼妳了呢！」
尤芳吟埋下頭去，盯著那塊玉米烙餅上被自己咬出的缺口，卻喃喃說了句毫不相干的話：「活著都這麼難，面子又算得了什麼……」
任為志忽然愣住。

姜雪寧在車上等了有許久。

往左邊看，茶樓裡尤月不出來；往右邊看，客棧裡尤芳吟不出來。

她覺得很無聊。

無聊怎麼辦？

尤月在自己府裡作威作福，總欺負虐待尤芳吟，那她不下去找找尤月的晦氣，實在有些說不過去啊。

這樣想著，姜雪寧果斷道：「下車。」

棠兒、蓮兒扶了她下來，她便直接往旁邊茶樓去了。

這茶樓是回字形，下頭搭了個臺，專留給人唱戲或者說書的，只是這時候既沒有唱戲的也沒有說書的，看著頗為冷清。

尤月在二樓。

姜雪寧進去便朝樓上看了一眼，正好能看見尤月的位置，便對著迎上來的堂倌一指那位置，把憋了好些日子的驕矜氣都拿了出來，道：「我要樓上那個位置。」

堂倌一看她來的架勢，再看這一身打扮，就知道是個有錢的主兒，當下笑臉都堆出來了，想把人往裡頭迎，誰想到這嬌小姐出口驚人。

笑臉都僵住了。

眼皮跳著朝樓上看了看，他咽了咽口水道：「可，可那位置已經有人了……」

姜雪寧眼皮一掀，斜睨他一眼：「叫她滾啊。」

堂倌：「……」

看出來，這姑娘跟上頭那位有仇，是找事兒來了啊！

堂倌額頭上冒冷汗，一時不知該怎麼處理。

這茶樓也沒多大。

從樓上到樓下也沒兩丈，下頭說話上頭聽得清清楚楚。

尤月正在上面嘀咕尤芳吟怎麼還不出來，結果就聽見下面有人說話，還說什麼「叫她滾」，要知道此刻樓上的客人可不多，而且這聲音聽著忒耳熟了。

她眉頭一皺便朝樓下看去。

這一眼差點沒叫她恨得銀牙咬碎，霍然便從座中起身：「好啊，冤家路窄，我不來為難妳，妳姜雪寧倒來為難我！還敢叫我滾！」

姜雪寧一抬頭，好像這時候才看見她似的，驚訝地一掩唇：「我還當是樓上哪個沒眼色的占了我中意的位置，沒想到是尤二小姐啊！」

尤月氣急：「妳——」

眼看著難聽的話就要出口，可她眼珠子一轉，愣是忍住了，只一挪步，姿態婀娜地從樓上順著樓梯慢慢走下來，掐著嗓子道：「唉，原還想同妳計較，可一想妳現在簡直是掉毛的鳳凰不如雞，倒覺得妳可憐了。」

上輩子這樣的奚落姜雪寧聽了不知多少，實在不大能激起她的火氣，只笑看著尤月走近。

她面色不變，尤月面色卻變了。

見這話不奏效，心底新仇舊恨湧起，便越發惡毒了起來：「妳看看妳，小門小戶的出身，莊子上長大的野人，半點規矩不懂也想攀上枝頭做鳳凰。宮裡面我是不敢說，到了外頭卻該勸妳一句，做姑娘家的不知檢點同男人勾勾搭搭敗壞女兒家的名聲也就罷了，偏還瞎了眼挑不著命長的。也不知往日誰仗著勇毅侯府勢大欺人，到如今那一家都要殺頭了。先是燕臨世子，也不知往後那張遮會如何呢！」

姜雪寧眸底的顏色終是深了些。

她慢慢地勾起了唇角，目光在這茶樓中逡巡了一圈。

末了自語似的一聲嘀咕：「奇怪，這茶樓裡怎連魚缸也沒一個呢……」

魚缸！

尤月聽得這兩個字，背後汗毛幾乎立刻豎了起來，瞬間想起當時眼前這瘋子冷著一張戾氣深重的臉壓住自己的腦袋死命往魚缸裡摁的場景！

一種危機感立刻爬上了身！

她看到姜雪寧的目光轉了回來，輕輕地落在她身上，甚至伸出手來搭在她肩上，頓時嚇得尖叫了一聲，朝她的手拂去！

姜雪寧小時候在莊子山野上混便是人見人怕的小魔頭，更別說重生而來積攢得一身壓抑不能釋放的戾氣，根本不懼一個小小的尤月。

她琢磨著想讓尤月對自己印象更「深刻」些。

可還沒來得及動手，便聽她身後棠兒低低對她道：「芳吟姑娘來了！」

姜雪寧眼皮一跳，登時想起自己以前在尤芳吟面前撒過的謊來，自己可才是那個被尤月欺負得連話也不敢多說的人啊！

可不能露餡兒！

她應變極快，根本都沒等尤月反應過來，兩腿一彎，便驚叫一聲，柔柔弱弱地跌倒在地，一手輕輕按在自己的心口，一手半掩面啜泣起來：「尤小姐，妳，妳怎麼可以這樣……」

「……」

尤月覺得這場景有點熟悉，後腦杓條件反射般的開始發麻。

她先朝著周圍看了一眼，確認既沒有長公主在，也沒有燕臨在，這才鬆了一口氣，轉頭一看姜雪寧還在做戲，氣不打一出來，萬般惱怒地叱罵起來：「妳這個瘋子！成天裝模作樣給誰看？我推了妳嗎？我推了妳嗎？我就是真推了妳又能把我怎樣？以為現在有誰能看到嗎？」

尤月話音剛落，一錯眼，終於看到了站在茶樓門外的尤芳吟。

這在她眼中向來溫順好欺負的人，一雙眼睛死死地盯著她，眼眶更是發紅，一字一頓地問：「妳推了二姑娘嗎？」

尤月這才想起姜雪寧是尤芳吟救命恩人。

可她不覺得自己需要懼怕尤芳吟，只不過一個小妾生的庶女罷了。

當下冷笑一聲，還想嘲諷。

哪裡料到下一刻竟見著尤芳吟連話都不多一句，直接抄起了茶樓大堂裡一條板凳，向她走了過來！

「啊妳幹什麼！」

「妳瘋了！」

「來人，救命，救命啊！」

尤芳吟才從對面客棧過來，剛見著姜雪寧時只覺萬分驚喜，可隨即便見她二姐姐竟將二姑娘推倒下去，那一時間只覺得心裡冰冷一片。

可轉瞬這冰冷就化作了無窮的怒焰！

她也不知自己到底是不是瘋了，可這一刻卻再也不想退讓，更不想退縮妥協，只想要自己強一點，再強一點，也可以保護自己想保護的人。

那條長凳拎在手中，她也看不見這茶樓中驚亂的其他人，眼底只有尤月一個，便一步一步，向著她逼近。

尤月哪裡見過這樣不要命的？

即便口出惡言也不過是個閨閣小姐，更何況從未見過尤芳吟這般凶神惡煞如被邪魔附體一般的模樣，嚇得連連後退，眼淚都出來了：「妳，妳滾開，來人啊，救命啊！」

她扯了嗓子尖叫。

可連丫鬟都被嚇住了，紛紛尖叫著後退。

尤月慌亂之間跌坐在地上，向周圍投去求助的目光時卻正正好瞥見了方才跌坐在地的姜雪寧——

這賤人哪裡還有先前柔弱可憐模樣？

完全一副慵懶姿態，好整以暇地輕輕整理自己垂落的髮縷，甚至頗帶了幾分憐憫嘆息地看著她。

還輕輕擺手吩咐身邊丫鬟：「勸著些，別鬧出人命。」

尤月氣瘋了！

同樣的一招竟然對她一個人使了兩遍，而她中過了一次之後，第二次竟然還是中計！

啊啊啊啊啊啊！

這個可恨的妖！豔！賤！貨！

第七十五章　姜雪寧創傷後壓力症

茶樓中的場面，一時熱鬧極了。

一個人追，一個人跑。

追的那個一雙眼底藏著冰冷的怒焰，早已沒了原本軟弱好欺的樣子；跑的那個更是狼狽，不小心還被桌角絆一下，摔在地上。

茶樓的堂倌費了好大力氣把那條凳搶了下來。

尤芳吟沒了趁手的兵器也不肯善罷甘休，揪住近在眼前的尤月就廝打起來，拽得她精緻的髮髻亂了，嬌俏的妝容花了，連著頭上戴的珠釵也都掉落下來，又是哭又是鬧，哪裡還有半點先前伯府千金小姐的趾高氣揚？

棠兒、蓮兒生怕鬧出事來。

姜雪寧一發話後兩人便都跑了上去，一個在左，一個在右，花了好大力氣才將尤芳吟給拉住，急急地勸她：「芳吟姑娘犯不著為這點事兒生氣，可別衝動呀！」

尤芳吟一雙眼是通紅的，即便被人勸住了，身體也還在不住地發抖，彷彿根本沒聽見棠兒、蓮兒的話一般，死死地盯著跌坐在地的尤月：「妳再動二姑娘試試！」

尤月早嚇破了膽，猶自驚魂未定。

姜雪寧望著這一幕，方才還輕輕鬆鬆彎起的唇角，卻是慢慢降了下來，心裡忽然一種說不出道不明的酸楚：這個傻姑娘啊，是肯為了自己豁出命去的。

直到這時候，原本伺候在尤月身邊的丫鬟才反應過來，連忙上前將自家姑娘扶起，一個勁兒帶著哭腔問：「小姐，您沒事吧？」

尤月哆哆嗦嗦地站了起來。

可她怕尤芳吟還沒瘋完，都不敢離她近了，只退到了旁邊的角落裡去，顫著聲兒道：「反了，反了，我看妳是連自己姓什麼叫什麼都忘了！」

這一副模樣分明是色厲內荏，外強中乾。

姜雪寧看她面色煞白，兩腿都還在打顫，便知道她是個繡花枕頭，此刻不過是為了自己的面子放狠話罷了。

然而真等她回到府裡……

尤月是個見風使舵、欺軟怕硬的脾性，這會兒固然是被尤芳吟嚇蒙了，可若回到府裡，上下都聽尤月的，等她緩過勁兒來，只怕不會輕易放過尤芳吟。

所以，尤芳吟不能回去。

姜雪寧心電急轉，一個大膽的主意忽然冒了出來，且漸漸成型。

尤月說著，盯著尤芳吟那恐怖的目光，只覺得一顆心都在發毛，深怕說多了又激起她凶性，連忙將矛頭一轉，對準了姜雪寧：「便是在宮中伴讀同窗十余日，我也沒看出來妳竟是如此一個卑鄙無恥、下作噁心的小人！」

姜雪寧還捂著心口：「妳怎能如此血口噴人……」

尤月看了她這做作模樣，登覺一股火氣沖上頭來，指著她鼻子便罵：「都是千年的狐狸妳在我面前裝什麼裝？同樣的伎倆坑我坑了兩次，變都不帶變一下，妳不膩味嗎？」

姜雪寧瞅著她，目光忽然變得古怪。

怎麼聽著尤月這意思，自己這手段還得翻翻新？

倒也不是不行……

尤月話剛出口時還沒覺得有什麼異樣，不過是罵罵姜雪寧出一口惡氣罷了，可當她一抬眼看見姜雪寧那若有所思打量自己的眼神時，只覺一股寒氣從腳底下竄了上來。

待反應過來，差點想給自己兩巴掌！

傻不傻，跟她說這個！讓她以後換點新花樣來坑自己嗎！

尤芳吟見了尤月對姜雪寧如此跋扈，先前才忍下來的那股氣隱隱又往上冒，身形一動便要上前做點什麼。

但沒想到姜雪寧竟輕輕按住了她的手。

她頓時一怔，不敢再動，只恐自己魯莽之下不小心傷著她，同時也有些困惑地抬起頭來看她。

姜雪寧卻沒回頭，微微搭下眼簾，眼睫顫動，輕輕嘆了口氣，一副膽小怕事模樣，只道：「還請尤二小姐息怒，雪寧今日也是無意路過這茶樓進來歇歇腳，哪裡想到這樣巧就遇到您？您誤會我對您不敬，所以才對我動手，可我卻沒有半點還手的意思。都怪這個尤芳吟！」

前面她還輕聲細語，說到末一句時聲音卻重了起來。

尤月一愣，沒反應過來，一臉懵。

尤芳吟也詫異至極地看著姜雪寧，不明白她為什麼要這樣說，然而下一刻就感覺到姜雪寧握著她的那只手，微微用力，像是在暗示她什麼。

接著這只手便收了回去。

姜雪寧像是什麼也沒有做一般，義憤填膺地責斥起來：「我雖然救了她的命，可與她本也沒有什麼聯繫。沒想到她誤會了我們之間的關係，竟然二話不說就抄起長凳這麼嚇人的東西來打人！光天化日，天子腳下，簡直目中無人，還有沒有天理，還有沒有王法了！」

尤月覺得自己腦子有點不夠用。

姜雪寧卻堅定地望著她道：「尤二小姐，您受了這樣大的委屈，差點連命都沒了，怎能善罷甘休？我們報官吧！」

尤月傻了：「啊？」

姜雪寧一副要與尤芳吟劃清界線的樣子：「報官，把她抓起來！這樣不知好歹、不守尊卑的人，進牢裡關她幾個月，保管老實！」

報官，把尤芳吟抓進去？

姜雪寧會這麼好心？

就是太陽打西邊出來尤月也不會相信！

她在姜雪寧手底下吃過的虧實在是太多了，簡直掰著手指頭也數不過來！這會兒只覺得腦袋裡面漿糊一片，直覺有什麼地方不對。雖身處茶樓之中，可她看堂中擺的一張桌子都覺得那是陷阱，滿滿當當將自己包圍起來，就等著她一沒留神往前踩呢！

不，決不能報官！

就算她不知道姜雪寧要做什麼，但只要同她唱反調就絕對沒錯！

於是，接下來旁邊才將長凳放回去的茶樓堂倌和少數幾名茶客，便看見了畫風清奇、令人困惑的一幕——

尤月警惕地直接表示拒絕：「不，不報官，這點小事用不著報官！」

姜雪寧熱情極了：「怎麼能說是小事呢？都抄起長凳要打您了，簡直是要害人性命，最差也是個尋釁滋事，擾亂京城治安！這塊如今也歸錦衣衛管的，誰不知道錦衣衛的厲害手段？我們報個官把她抓起來，她絕對沒好果子吃！再說您不報官，人家茶樓無端遭禍摔了這許多東西總要個說法吧？」

茶樓堂倌：「……」

其實真不值幾個錢。

但咱也不敢說。

尤月已經隱隱有些崩潰，但還存了一分希望，想同姜雪寧講講道理：「我沒傷沒病什麼事也沒有，她也沒有打我——」

姜雪寧卻不管她了。

徑直轉身對棠兒道：「去報官，請錦衣衛的大人們來看看，今日咱們非要為尤二姑娘主持公道不可！」

尤月差點瘋了：「誰要妳來主持公道啊！」

全程目睹了姜雪寧作為且也領會了她言下之意的棠兒只覺得頭上冷汗直冒，然而抬頭一看自家姑娘真是面不改色心不跳，演起戲來那叫一個毫不心虛，跟真的似的！

她應了一聲便出了茶樓。

自是按著自家小姐的吩咐報官去了。

尤月一看這架勢不對，抬腳便想走。

不料姜雪寧眼疾手快一把將她抓住，一臉困惑模樣，道：「都已經去報官了，尤二姑娘您是苦主誒，別走呀！」

尤月眼皮直跳：「是妳報的官不是我，妳放開！」

姜雪寧卻不肯鬆手，笑得良善：「我這不是怕您生氣嗎？」

尤月氣得七竅生煙，一種不祥的預感越來越強烈，只想不管三七二十一一把將姜雪寧的手甩出去，可她手才剛一抬起來，就對上了姜雪寧那戲謔的目光。

儼然是在說：妳動一個試試！

方才姜雪寧沒被她碰著卻立刻倒地「碰瓷兒」的場面還深深刻在心裡，她幾乎立刻就不敢怎樣了，只恐自己這一手出去，姜雪寧又倒地栽贓，周圍再立刻冒出個什麼沈芷衣、燕臨之流來，她可就吃不了兜著走了！

一個有心攔人，肆無忌憚；一個沒膽強逃，投鼠忌器。

場面便僵持了下來。

姜雪寧是優哉游哉，尤月卻是心急如焚。

好在錦衣衛衙門離此地算不上太遠，當事者和周圍看熱鬧的都沒等上多久，人便來了。

錦衣衛設置於二十年前，彼時平南王之亂剛定，先皇為了維護京中治安，便專編出錦衣衛來，協同順天府與九城兵馬司掌管城中秩序。

只是後來錦衣衛漸漸發展，歷任指揮使都是天子近臣，手便伸得長了些。

探聽情報，插手詔獄，查案拿人……

舉凡朝廷之事，樣樣都能看見錦衣衛橫插一腳的影子。

錦衣衛也因此惹得文武百官厭惡。

不過如今京城雖然已經很少事端，可二十年前先皇定下的規矩卻還沒壞，京裡面出了什麼事，照舊是要錦衣衛來管的。

只是兩人廝打這種小事，順天府就能解決，這些人瞎了眼報到錦衣衛來幹什麼？

而且居然連千戶大人都一起來了……

來辦差的錦衣衛生得平頭正臉，一步從茶樓外面跨門檻進來時，心裡不由嘀咕著，還往身旁看了一眼：新晉的錦衣衛千戶周寅之就走在他左邊。

玄黑底色的飛魚服上用細密的銀線繡著精緻的圖紋，腰間一柄繡春刀壓在刀鞘裡，周寅之的手掌便輕輕搭在鑄成老銀色的刀柄上。

他身形甚高，走進來時帶給人幾分壓迫。

鷹隼似的一雙眼睛抬起來掃視，便看見了坐在茶樓大堂裡，氣定神閑喝著茶的姜雪寧。姜雪寧對面還坐了個面色鐵青的貴家小姐，身旁也站了個垂首低眉顯出幾分沉默的姑娘。

後面兩個他都不認得。

那辦差的錦衣衛是他下屬。

京中這些小事本是不需要他一個千戶出面的，可衙門裡來的是棠兒，點了名要跟他報案，再一說，周寅之便知道是姜雪寧要辦事。

是以叫上幾名下屬，他也跟著來了。

打頭的那下屬叫馮程，生得五大三粗，一雙眼睛睜著銅鈴般大，有些嚇人，此刻卻略帶幾分遲疑地看了他一眼。

周寅之便輕輕點了頭。

馮程會意，站直了身子，走上前去朝著堂中喝問：「誰報的官？」

姜雪寧看了周寅之一眼，才轉眸看向馮程，起身來淡淡道：「我報的官。」

尤月也跟著站起，卻恨不能消失在此地。

馮程左右看看，既沒死人，也好像沒人受傷，不由納悶：「妳是苦主嗎？為何事報官？不是說有人尋釁滋事？人在何處？」

姜雪寧伸手一指：「都在此處啊。」

她先指了尤月，又指了尤芳吟。

尤月氣得瞪眼。

尤芳吟卻是眨了眨眼，老實講她不知道姜雪寧要做什麼，但方才她溫暖而用力地一握，卻讓她相信二姑娘絕對不會對她不利，是以並不說話，只是看著。

姜雪寧把情況說了一遍：「大人您想想，天子腳下啊，連長凳都抄起來了，若不是我們攔得及時，只怕已經鬧出了人命！這位是清遠伯府的尤二姑娘，她便是苦主，不信您可問問。」

馮程一聽是伯府，上了點心。

他轉頭看向尤月：「她說的可是真的？」

尤月方才與姜雪寧僵持著的時候已經喝了半盞茶，仔細想了想，錦衣衛名頭上雖然還管著京中治安，可這件事實在小得不值一提，即便是來了，人家日理萬機只怕也不想搭理。

無論怎樣，她才是苦主。

苦主不追究，這件事姜雪寧就別想挑出什麼風浪來算計她。

是以此刻尤月毫不猶豫地否認了：「沒有的事！」

姜雪寧補刀：「可大家剛才都看見了呀。」

尤月臉色瞬間難看下來，強忍住了磨牙的衝動，一字一頓地道：「還請大人明察，動手的其實是我伯府的庶女，且也沒有打著，有事回去讓父親懲罰她就好，不必追究。」

馮程簡直覺得莫名其妙：「妳不追究？」

尤月斬釘截鐵：「對。」

姜雪寧一把算盤早在心裡面扒拉地啪啪作響，只覺再也沒有比這更好的一箭雙雕之計，眼瞧著尤月已經入了套，哪裡肯讓煮熟的鴨子飛走？

她才不管尤月怎麼想呢。

當下便在旁邊涼涼道：「國有國法，家有家規。尤芳吟在家裡犯了事兒由伯府來處理自然無可厚非，可在外面犯了事兒，卻是要國法律例來管。說輕了是打打架，說重了那是想殺妳卻沒殺成啊！還不嚴重嗎？」

「不是，妳這姑娘怎麼回事？」

馮程不知道姜雪寧身分，在知道尤月是伯府嫡二小姐之後下意識以為周寅之乃是為尤月來的，且錦衣衛也不想管這雞零狗碎的事情，誰還不想少兩件差事呢？

所以他看姜雪寧很不順眼。

當下便皺了眉盯著她，聲音不覺大了起來，道：「人家苦主都說了這事兒不追究，在旁邊妳嚷嚷什麼？」

尤月面上頓時一喜。

姜雪寧看了馮程一眼。

馮程還覺得這姑娘也不知哪兒來的這麼多事，在錦衣衛裡耀武揚威慣了，還想要繼續訓她，沒料這時斜後方忽然傳來一道平靜而冷硬的聲音：「你又嚷嚷什麼？」

馮程脖子一涼。

他聽出這是周寅之的聲音，僵硬著身形轉過頭去一看，便見周寅之皺著眉看他，一雙沉黑的眼眸冷而無情，簡直叫他如墜冰窟！

什、什麼情況？

他不過說了那沒眼色不懂事的姑娘一句，千戶大人怎麼這個反應？

錦衣衛是個勾心鬥角、人相傾軋的地方，馮程好不容易混進來，也算有點小聰明，幾乎立刻就反應過來，只怕是自己吼錯人了！

尤月彎起的唇角已然凝固。

姜雪寧唇邊卻掛起了一抹諷笑。

整座茶樓裡寂靜無聲，堂倌戰戰兢兢地望著大堂裡這一干錦衣衛，只在心裡與眾人一般嘀咕：乖乖，怎生搞出這樣大的陣仗？

周寅之走上前來，竟是拱手欠身向姜雪寧一禮：「手底下這些人不知輕重，言語冒犯二姑娘，還望二姑娘莫怪。」

姜雪寧與尤月在自家都是行二。

可現在不會有任何人誤以為周寅之口中所稱的「二姑娘」說的是尤月。

先前訓了姜雪寧一句的那下屬馮程，這會兒額頭上冷汗都嚇出來了。

尤月更是面色驟然一變！

到這時終於明白姜雪寧打的是什麼主意了！

果然是換了手段來對付她啊！

看著眼前這個身穿錦衣衛飛魚服的高大男人，她簡直抖如篩糠，連聲音都連不起來了：「你、你們，我是苦主！我，你們不能抓我……」

周寅之也不笑，更不管尤月是什麼反應，只道：「京中近些日來亂黨橫行，早下過令諭不許尋釁滋事，妳等卻是明知故犯，且在這茶樓之中一時半會兒也詢問不出結果，無法判斷是不是企圖行兇未遂。來人，將這兩嫌犯都押了，回衙門候審。」

身後數名錦衣衛立刻應道：「是！」

這些人早抓過了不知多少王公貴族，遇著女子下手也是毫不客氣，根本不管人如何掙扎，立時便上去把人給拿住了。

尤芳吟還好，並不反抗，一副乖覺模樣。

尤月卻是死命掙扎。

他們伯府以前也是與錦衣衛有關係的，自然知道這幫人訊問都有什麼手段，只聽說朝中那些官員落到錦衣衛手中都是生不如死，她哪裡敢去？

當下便哭喊起來：「姜雪寧妳好歹毒的心，竟與這幫人勾結要害我性命！你們連苦主都敢抓——」

抓的就是妳這「苦主」！

姜雪寧眉頭一皺，先前還虛與委蛇做出一副良善面孔，此刻卻是眼底所有的溫度都退了下去，只看著她，嗓音毫無起伏地道一句：「妳嚷嚷什麼？」

人站在堂中，冰雪似的。

一身的漠然甚至有些冷酷味道，叫人光看上一眼都不覺心底生寒。

這話雖是對尤月說的，可先前沒長眼訓了她一句的錦衣衛馮程聽了，卻是連頭都不敢抬一下，暗地裡腸子都悔青了。

尤月更是陡地閉了嘴。

她環顧周遭，圍觀之人早散了乾淨，錦衣衛以那周寅之為首，黑壓壓森然地站了一片，心底一時灰敗如死，卻是再也不敢說一句話了。

天知道這幫人會怎麼折磨她！

尤月一臉的恍惚，已失了魂魄似的，被一干錦衣衛押著走了。

尤芳吟被押走時，姜雪寧卻沖她露出了淡淡的笑容。

尤芳吟於是也回以一笑。

周寅之見著人走遠了，才回首看姜雪寧道：「前些日聽聞宮中十日一休沐，周某便想該挑個時候親自登門拜謝，不想今日遇到，也能為您一盡綿薄之力。只是不知，此事姑娘想如何處置？」

姜雪寧走回來到桌旁坐下。

她端起自己先前那盞沒喝完的茶，只淡淡一笑：「尤芳吟是我的人，千戶大人麼，看著辦就行。至於清遠伯府，失勢歸失勢，可聽說破船也有三分釘。哎，我今兒來時相中了一張好琴，可惜，就是價貴了些……」

近來手頭是有點緊呢。

第七十六章　孝子

周寅之混的是公門。

這裡向來有一種說法，叫「進衙門扒層皮」，吏治清明的時候這種事都不鮮見，朝局不穩的時候自然司空見慣了。錦衣衛早在朝野中引得一片怨聲載道，這種事做起來更是輕車熟路，稱得上是「箇中翹楚」。

犯了事的，越是有錢無權越好，放進牢裡一拘七天，嚇得膽都破了，家裡自然都憂心忡忡，抱著銀子上下疏通，唯恐公門中的大人們不收。

這是做得厚道的。

心狠手黑一些的，甭管你是苦主還是犯事兒的，一有官司糾纏不清，便都以拘役待審的名義抓進來關了，屆時那犯事兒的要賄賂長官也就罷了，連苦主都要破財消災。

若不給銀子，那也簡單。

糊塗官斷葫蘆案，管你是有罪還是清白，一筆劃了統統受刑去。

今日從衙門來時，周寅之便在路上想姜雪寧是想幹什麼，到得茶樓中一看，雖則她言語中處處撇清自己與那尤芳吟的關係，又處處捧著尤月似乎句句話都是為了尤月好，可這位

「苦主」的神情看著卻不是那麼回事兒。

是以他略略一想，便猜她是要治尤月。

錦衣衛在外頭辦差，他又是個新晉的千戶，還不敢太明目張膽地向著姜雪寧，可辦事卻不含糊：不管其他先把人給抓起來，接下來要怎麼處理只聽姜雪寧說。

可他沒想到，姜雪寧打的是這般主意。

琴太貴……

那就是手頭緊了。

周寅之點了點頭，既沒有表現出半分驚訝，更無置喙的意思，只道：「我明白了。」

燕臨往日送過她許多東西，可那些東西要變賣出去也得一段時間，姜雪寧手中固然也有些錢，可遇到勇毅侯府遭難這種事，便是有潑天多的銀子只怕也不夠使，況且自流井鹽場這件事她志在必得，得手中的錢夠才能防止萬一，保證無失。

尤月既犯到她手上，便算她倒楣。

今日她本是作戲，卻沒料想尤芳吟豁出命來相護，抄起長凳就要對付尤月。若就此甘休讓尤月就這麼帶她回府，少不得一頓毒打。

姜雪寧實在不願去想那場景。

也不敢。

是以寧願先報了官，把人給抓進牢裡，讓周寅之好吃好喝地給伺候著，也好過回府去受折磨。無論如何先把這段日子給躲過去，以後再想想有沒有什麼一勞永逸的法子。

姜雪寧輕輕掐了掐眉心，道：「尤月也是宮中樂陽長公主的伴讀，休沐兩日本該回宮，此事你拿捏著度辦，也別鬧太大。畢竟你這千戶之位也沒下來多久，縱然潛藏查勇毅侯府與平南王逆黨勾結一案有功，也架不住風頭太盛，若被人當成眼中釘便不好了。」

周寅之瞳孔頓時一縮。

姜雪寧卻什麼也沒說一般，還是尋常模樣，只續道：「這些日都在宮中，勇毅侯府的事情我知之不祥，你且說說吧。」

這茶樓之中空空蕩蕩，錦衣衛的人一來拿人，便都走了個空空蕩蕩。

可剛才畢竟那麼大陣仗。

周寅之此人處事小心謹慎，只道此地不方便說話，想請姜雪寧到他寒舍中一敘。

本來姜雪寧今日來是想會一會任為志的，而自己又遇到尤月這一樁意外，怎麼看今天也不是去辦事的好時候，且尤芳吟既然已經見過，她其實沒有太大的必要再出面。

所以便答應下來。

那一盞茶放下，她便與周寅之一道從茶樓裡出去。

姜雪寧的馬車就在路旁。

周寅之是騎馬來的。

只是如今這匹白馬已經不是原本那匹養了兩年的愛馬了。

姜雪寧看了一眼，想起不久前從燕臨口中聽說的那件事，周寅之殺馬……

上一世，周寅之是娶了姚惜的。

且後來此人還與陳瀛聯手，構陷張遮，使他坐了數月的冤獄，直到謝危謀反，周寅之的腦袋才被謝危摘了下來，高懸於宮門。

想到這裡，她心情陰鬱了幾分。

車夫已經在車轅下放了腳凳。

姜雪寧走過去扶著棠兒、蓮兒的手便要上車。

可她萬沒料想，偶然一抬眼時，掃過大街斜對面一家藥鋪的門口，竟正正好撞進了一雙沉默、平靜的眼眸——

青簪束髮，一絲不苟；素藍的長袍，顯得格外簡單，穿在他身上卻顯得無比契合。手上還拎著一小提藥包。

張遮靜靜地站在那家藥鋪的門口，也不知是剛出來，還是已經在這裡站著看了許久。

這一瞬間，姜雪寧身形一僵，所有的動作都停了下來，腦袋裡面「嗡」地一聲，竟是一片空白。

張遮卻在此刻收回了目光。

收回了看她的目光，也收回了看她身邊周寅之的目光，略一頷首算是道過了禮，便轉身順著人來人往的街道，拎著他方才抓好的藥，慢慢行遠。

蓮兒順著她目光望去，只看見道清瘦的人影，也不知道是誰，有些一頭霧水：「姑娘？」

姜雪寧抬手，有些用力地壓住了自己的心口。

她覺得心裡堵得慌。

明明只是那樣普通的一眼，現在的張遮也許還不認識周寅之這個剛上任不久的錦衣衛千戶，可她卻嘗到了繼續難受與愧疚……

周寅之無疑不是善茬兒。

上一世他便厭惡她與這樣的人為伍，而她這一世還暫不得脫身，要在這修羅場裡打轉，不得不先用著這樣的人。

周寅之看出她神色有異，暗中揣度方才那人的身分。

姜雪寧卻慢慢轉過頭來看他。

那目光裡有些恍惚，彷彿透過他看到了什麼別的東西，末了又泛上來幾分隱隱的憂悒與悵惘……

周寅之從不否認眼前這名女子的美貌，早在當年還在鄉野間的時候，他就有過領教。

可這還是第一次……

第一次為她這使他看不明白的眼神而動容。

他道：「二姑娘有什麼事嗎？」

姜雪寧眨了眨眼，望著這穿著一身飛魚服的高大男人，仍舊如在幻夢中一般，慢慢道：「我真希望，以後你不要做什麼太壞的事；又或者，做了也瞞得好些，別叫我知道……」

周寅之抬眸看著她。

姜雪寧卻已一垂眸，無言地牽了牽唇角，返身踩了腳凳，上了馬車。

❀

初冬午後，坐落在城東的姚尚書府，四進院落幽靜雅致，外頭門戶雖然緊閉，裡頭回廊長道，卻是時不時有丫鬟婆子走動說笑的身影。

姚惜聽了人來報，萬分雀躍地奔去了父親的書房。

甚至都沒來得及等人通傳，便迫不及待地問詢起來：「爹爹，張遮派人送信來了是嗎？寫了什麼呀？」

姚慶餘今年已是五十多的年紀了，姚惜是他幺女，也是他唯一的女兒，從來都待若掌上明珠，所以便是平日行事有些不合規矩的地方，也無人責斥。

小廝見她進去也就沒有通稟。

可姚慶餘坐在書案後面，看著那一封已經拆開的信，已顯年邁的臉上卻是逐漸顯出一層陰雲。

姚惜素來受著寵愛，一心想知道與自己婚事有關的消息，進來後也沒注意到姚慶餘的臉色，反而一眼就瞧見了一旁拆了的信封，於是注意到了姚慶餘正在看的信。

她立刻就湊了過去：「女兒也想看看！」

那封信被她拿了起來。

簡單的素白信箋上是姚惜在宮中時已經暗暗看過許多遍的熟悉字跡，一筆一劃，清晰平穩，力透紙背，如她那一日在慈寧宮中看見的人一樣。

信是寫給姚慶餘的，可她也不知怎的，一見著這字便滿懷羞怯，覺得臉上發燙。

這一下定了定神才往下看去。

信裡張遮先問過了姚慶餘安好，才重敘了兩家議親之事前後的所歷，又極言姚府閨秀的好，姚惜真是越看越羞，沒忍住在心裡嘀咕這人看著冷硬信裡卻還知道討人喜歡，可這念頭才一劃過，下一行字就已躍入眼簾，讓她先前所有歡喜的神情都僵在了臉上！

「怎麼會……」

她急忙又將這幾行字看了兩遍，原本姣好的面容卻有了隱隱的扭曲，身體都顫抖起來，捏緊那封信箋，不願相信。

「他怎麼還是要退親。父親，他怎麼還是要退親！」

姚惜的眼淚在眼眶裡打轉，只覺自己先前所有的羞赧和歡愉都反過來化成了一個巨大的巴掌，摔到了她的臉上，把她整個人都打蒙了。

甚至連面子都掛不住。

她無法接受，只一個勁兒地問著姚慶餘。

姚慶餘卻是抬了那一雙已經浸過幾許歲月起伏的眼，望向了這個一直被自己寵愛著的女兒，想起了自己先前著下人去打聽來的原委。

他才是有些不敢相信。

此刻也不回答姚惜的話，反而問她：「妳在宮裡說過什麼，想做什麼，自己如今都忘了嗎？」

姚惜不明所以：「什麼？」

姚慶餘自打看見這封信時便一直壓抑著的怒火，終於在這一刻炸了出來，一拍桌案，霍然起身，大聲質問：「當初想要張遮退親時，妳是不是在宮中同人謀劃，要毀人清譽，壞人名節！」

姚惜從沒見過父親發這樣大的火。

這一瞬間她都沒反應過來，怔怔道：「爹爹怎會知道……」

姚慶餘聽見她這一句，差點沒忍住一巴掌就要打過去！

可這畢竟是他最疼愛的么女。

那一隻手高高舉了起來，最終還是沒有落下去，反將案頭上的鎮紙摔了下去，氣得聲音都變了：「我怎麼會養出妳這麼個女兒來！那張遮原是我為妳苦心物色，人品端重，性情忍耐，如今雖聲名不顯，假以時日卻必成大器！妳豬油蒙心看他一時落魄想要退親也就罷了，為父也不忍讓妳嫁過去受苦，誰想到妳為了退親竟還謀劃起過這等害人的心思！人張遮顧忌著妳姑娘家的面子，不好在信中對我言明原委，只將退親之事歸咎到自己身上，可妳做了什麼事情，人家全都知道！我姚府的臉都被妳丟盡了！」

真真如一道晴天霹靂，當頭砸下。

姚惜整個人都懵了。

她這時才知道張遮為什麼退親，一時整顆心都灰了下去，頹然地倒退了兩步，彷彿有些站不穩了，只喃喃道：「他怎會知道，他怎會知道……」

姚慶餘冷聲道：「若要人不知除非己莫為！妳既做得出這種事，旁人知曉也不稀奇！」

姚惜卻覺被傷了面子，那一頁信箋都被她掐得皺了，狠狠咬著牙道：「不可能！那不過是在宮中的玩笑話，張遮怎麼可能知道！我們姚府這樣顯赫的門楣，他一個吏考出身的窮酸破落戶怎麼可能會退親？他家裡還有個老母，知道這門親事時那般歡喜，也不可能由著他退親！一定是有人暗中挑唆，父親，一定是有人暗中挑撥，要壞我這一門親事……」

姚慶餘聽了這番話，只覺心寒。

他望著她說不出話。

姚惜腦海中卻陡然浮現出一張明豔得令她嫉恨的臉孔來，眼眶裡的淚往下掉，咬著牙重複道：「一定是有人暗中挑撥……」

張遮拎著藥回了家。

胡同深處一扇不起眼的舊門，推開來不像是什麼官家門戶，只小小一進簡單的院落，乾淨的青石板上立著晾衣用的竹架子，上頭掛著他的官服。

東面的堂屋裡傳來桌椅搬動的聲音。是有人正在掃灑。

上了年紀的老婦人穿著一身粗布衣裳，腰上還系了圍裙，正將屋內的桌椅擺放整齊，然後用抹布擦得乾乾淨淨。

張遮走進去時，她正將抹布放進盛了水的盆中清洗。抬頭看見他身影，蔣氏便朝他笑：「回來啦，晚上想吃點什麼？娘給你做。」

丈夫死得早，蔣氏年紀輕輕便守了寡，獨自一人將兒子拉扯長大，歲月的風霜在她身上留下的痕跡格外殘忍，眼角眉梢刻下來一道又一道，與京中那些兒子出息的命婦截然不同。

當年家徒四壁，她花了好大力氣才求書塾裡的先生收了張遮。可書塾裡別的花費也高。筆墨紙硯，樣樣都要錢。

蔣氏便節衣縮食地攢錢來給他買，只想他考取功名，出人頭地，有朝一日為他父親洗清冤情。

她知道自己兒子聰明，也知道他若讀書，必定是頂厲害的。

可誰想到，他讀了沒幾年，卻瞞著她去參加了衙門那一年的吏考。等考成了，回來便同她講，他不讀書，也不科考了。

氣得她拿藤條打他。

一面打一面哭著罵：「你想想你爹死得多冤枉，當年又都教過你什麼！不成器的，不長出息的！吏考出來能當個什麼？官府裡事急才用，不用也就把你們裁撤了！一輩子都是替人做事的，你真是要氣死我啊！」

張遮那時不躲也不避，就跪在父親的靈前由她打罵。

背上打得血淋淋一片。

打到後面，蔣氏便把藤條都扔了，坐在堂上哭，只恨自己無能，一介婦道人家沒有掙錢的本事。她豈能不知道兒子不考學反去考吏，是因為知道家中無錢，不想她這般苦？

可越是知道，她越是難受。

自從張遮在衙門裡任職後，領著朝廷給的俸祿，家中的日子雖然依舊清貧，可也漸漸好過原來的捉襟見肘了。

更讓蔣氏沒想到的是——

過了沒半年，河南道監察御史顧春芳巡視府衙，張遮告了冤，終讓府衙重審他父親的舊案，時隔十數年終於沉冤得雪，張遮也因此被顧春芳看中，兩年多之後便舉薦到了朝廷，任刑科給事中，破格脫去吏身，成了一名「京官」。

這進小小的院落，便是他們母子倆初到京城時置下的。

原本是很破落的。

但蔣氏勤於收拾，雖依舊寒酸，添不出多少擺設，可看起來卻有人氣兒，有個家的樣子。

張遮把買回來的藥放在桌上，皺了眉也沒說話，便上前把蔣氏手中的抹布拿了下來，放進那木盆裡，又把木盆端到一旁去，才道：「昨日已經擦過了一回，家裡也沒什麼灰塵，您身體不好，不要再勞累了。」

他說這話時也冷著臉。

蔣氏看著便搖頭，只道：「你這一張臉總這麼臭著，做事也硬邦邦的，半點不知道疼人，往後可怎麼娶媳婦？」

張遮按她坐下，也不說話。

蔣氏卻嘮叨起來：「不過那姚府的婚事退了也好，原本的確是咱們高攀，可也犯不著動這麼下作的心思來害人。且你這水潑不進，針插不進，油鹽不吃的硬脾氣，倒跟你爹一個模樣。高門大戶的小姐便是嫁了你，又有幾個能忍？」

張遮低頭拆那藥，不接話。

蔣氏瞅他這沉默性子，沒好氣道：「往後啊，還是娘幫你多看著點，一般門戶裡若能相著個懂得體貼照顧人的好姑娘，最好是溫婉賢淑，把你放在心上還能忍你的。不然哪天你娘我下去見了你爹，心裡都還要牽掛著。」

「……」

綁著那藥包的線已經解開，混在一起的藥材散在紙上，一片清苦的味道也跟著漫開，張遮骨節分明的手指壓在紙角上，沒動。

前世獄中種種熬煎，彷彿又湧上來，

過了好久，他才將它們都壓下去，也將那一雙昏暗宮牆下壓抑著滿心喜悅定定望著他的眼眸壓了下去，壓得心底沉沉地發痛了，方抬首看著蔣氏，慢慢道：「這種話，您不要胡說。」

第七十七章　敲詐

斜街胡同深處的一座院落裡，周寅之起身送姜雪寧到了門外，只道：「二姑娘若要探望那尤芳吟，得等晚些時候，免得人多眼雜。」

么娘跟在他身後，也出來送姜雪寧。

姜雪寧便道：「那我晚些時候再去。」

她從門口那縫隙裡生了青苔的臺階上下去，卻停步回頭看了么娘一眼，笑道：「謝謝妳今次為我煮的茶。」

么娘受寵若驚。

她不過是周寅之的婢女罷了，也不知這位於自家大人有大恩的貴人怎會對自己如此客氣，連忙道：「上回來沒有好茶招待，么娘手藝粗笨，只怕姑娘喝得不慣，您喜歡便好。」

姜雪寧這才告辭離開，先行回府。

這時尤月與尤芳吟被錦衣衛衙門扣押候審的消息，也已經傳到了清遠伯府。

眾人都只當是尤月出去玩了一趟，想她晚些時候便能回來。

哪裡料到好半晌不見人，竟是被抓？

一時之間整個府裡都不得安寧，伯夫人聽聞之後險些兩眼一閉暈過去，還是大小姐尤霜穩得住些，只問來傳話的下人：「妹妹犯了何事，怎會被抓？」

那下人道：「聽人說是在茶樓裡和三小姐動起手來，姜侍郎府上的二姑娘就在旁邊，去報了案。沒想到錦衣衛一來，就把兩個人都抓走了，說是在茶樓裡一時半會兒問不清楚，不如回衙門去交代。」

這些話都是聽人傳的。

當時其實是尤芳吟動的手，可眾人一聽說兩個人都抓走了，那自然是認為是這兩人相互動的手，傳過來話自然變了。

伯夫人立刻就罵了起來：「尤芳吟這小蹄子，沾上她總是沒好事！」

尤霜卻是有些敏銳地注意到了「姜二姑娘」這個存在。

可她並未能被甄選入宮伴讀，只聽聞過妹妹和姜雪寧的恩怨，對箇中細節瞭解得卻並不清楚，雖有些懷疑此事與姜雪寧有關，眼下卻還不好妄下定論。

只道：「妹妹已經被選入宮中為伴讀，機會難得。這一回回府本來只是出宮休沐，事情萬不敢鬧大，不管妹妹是不是清白，傳到宮裡總是不好。若一個不慎，為有心人鑽了空子，只怕這伴讀的位置也難保。且再過一天便要回宮，若妹妹還被羈押牢中，便更難辦了。我等婦道人家處理不好此事，與公門打交道，還要父親出面才是。」

伯夫人立刻道：「對，對，咱們好歹也是勳貴之家！這些個錦衣衛的人，說拿人就拿人，何曾將我們放在眼底？我這便去見伯爺，請伯爺來處理。」

一行人匆匆去稟清遠伯。

可誰料到清遠伯一問具體情形之後，卻是臉色大變，霍然起身問道：「抓走月兒的是錦衣衛剛晉升的周千戶？」

眾人不明所以。

清遠伯卻已暴跳如雷：「糊塗！糊塗！好端端的去招惹錦衣衛幹什麼？原本的周千戶與我們府中還能打得上交道，如今剛上任的這位雖然也叫『周千戶』，可我託人去拜訪過幾次也不曾答覆我什麼。錦衣衛這一幫都是吃人不吐骨頭的惡鬼，眼下要我拿什麼去填他們的胃口！淨給我惹事！」

伯夫人已然哭了出來：「可伯爺您要不救，我們月兒可怎麼辦啊？聽說扣押待審的人都與那些犯人一般待在牢裡，天知道是什麼可憐光景……」

清遠伯面色陰沉，也考量起來。

近來宮中有傳聞要為臨淄王選妃。

月兒好不容易憑藉著那日重陽宴上的書畫第一，被選入宮中做了伴讀，卻是個難得的機會，將來若能謀個好親事，於伯府才有大助益。

可要去牢裡待過……

千金大小姐可不是三女兒那個賤妾生的，不能隨便放棄，若事情傳出去，往後誰願意娶她？

這可真真是突如其來一遭橫禍。伯府雖也是世家傳下來，可三代都無人掌實權，在如今的朝廷早就位於邊緣，只剩下個空架子好看，卻不知還要花多少才能擺平此事！

清遠伯越想越怒。

可事情擺在這裡也全無辦法，只能咬了牙去吩咐管家：「去，先點點內庫銀錢，另外立刻備馬車，我先去衙門看看！」

姜雪寧回到姜府時，日頭已斜。

進門便有婆子對她道：「您難得從宮裡回來一趟，老爺夫人說晚上在正屋擺飯，老奴還擔心您回來得晚誤了時辰，如今看卻是剛好。」

姜雪寧一聽，頓了頓，道：「知道了。」

無論內裡相處如何，面上還是一家子。

回來吃頓飯自是該的。

她回到自己房裡略作收拾，便去了正屋。

這時廡廊上各處都點了燈。

屋裡姜伯游同孟氏已經坐了一會兒。

姜雪蕙坐在孟氏身邊。

那桌上放了一封燙金的請帖，姜伯游正低頭看著，愁眉緊鎖。

姜雪寧進來行禮。

姜伯游便叫她起來，看著她卻是欲言又止。

姜雪寧察覺到了，一抬眼看見他手中所持的請帖，那外封上頭勁朗有力的字跡竟透著點熟悉——是燕臨的字跡。

姜伯游覺著她也該看看，於是將請帖遞了出去，道：「勇毅侯府來的請帖，邀人去觀世子的冠禮。」

姜雪寧翻開請帖時，手指便輕輕顫了一下。

只因這封請帖上每一個字都是燕臨親手寫就，雖然沒有一個字提到她，似乎只是些尋常請帖上的話，可她想也知道勇毅侯府既然朝外送了請帖，便不可能只有這一份，更不可能每一封請帖都由燕臨親自來寫。

她這一封請帖，是特殊的。

便是已經當眾對旁人撇清過了同她的關係，可這名少年，依舊希望自己能在旁邊，親眼見證他加冠成人的那一刻。

姜雪寧慢慢合上了請帖。

姜伯游問：「屆時去嗎？」

姜雪寧道：「去。」

孟氏聽他父女二人這對話，眼底不由泛上幾分憂慮，有心想說勇毅侯府已經出了事，還不知後面如何，只怕京中高門大多避之不及，哪兒有他們這樣上趕著的？

只是看姜伯游也點了點頭，便不好再說。

她道：「坐下來先用飯吧。」

府裡的廚子做菜一般，姜雪寧在「吃」這個字上還有些挑，是以食欲從來一般，吃得也比較少。

姜雪蕙坐她旁邊也不說話。

一頓飯，一家人悶聲吃完了，難免覺著有些沉重。

待得飯後端上來幾盞茶時，孟氏才道：「府裡總歸是老爺拿主意的，有些話妾身也不好講。只是眼下誰都知道勇毅侯府已遭聖上見棄，咱們寧姐兒往日受小侯爺頗多照顧，雖然姻親是不成了，可論情論理這冠禮也的確是要去的。這一點妾身不反對。可蕙姐兒與侯府卻向無什麼往來，我前些日與定國公夫人等人喝茶的時候，曾聽聞臨淄王殿下不久後要開始選妃。我看，冠禮那一日，寧姐兒去得，蕙姐兒就算了吧。」

到底姜雪寧入宮伴讀，也給家裡掙了臉。

雖然覺得她在宮中與人家清遠伯府的小姐鬥得烏眼雞似的，難免叫她們這些做大人的在外頭見著面難堪尷尬，可孟氏也不多說她什麼，只想能把蕙姐兒摘出來些，也多給往後的親事留分可能。

姜伯游與勇毅侯府雖是關係不淺，可大難當頭，胳膊擰不過大腿，自然也得考量考量闔府上下的情況，是以對孟氏這一番言語也不能做什麼反駁。

姜雪寧也不說話。

姜伯游便道：「這樣也好。」

但誰也沒想到，這時，先前在旁邊一句話也沒說的姜雪蕙，竟然抬起了頭來，道：「我也要去的。」

孟氏睜大了眼睛：「蕙姐兒！」

姜雪蕙卻看了姜雪寧一眼，並無改主意的意思：「父親是一家之主，屆時已去了冠禮，我等子女如何選擇卻並不重要。且如今勇毅侯府之事也未必沒有轉圜的餘地，父親與妹妹都去了，母親與我也當去的。」

孟氏頓時愣住。

就連姜伯游都沒有想到。

姜雪寧卻是定定地望著她，看她容色清麗，神情平靜，想她口中之言，在情在理，這樣一個大家閨秀，比之蕭姝哪裡又差？

於是慢慢地笑了一笑。

孟氏一想何不是這個道理？

姜伯游卻嘆蕙姐兒果然懂事明理。

用過茶後，姜雪寧同姜雪蕙一道從房中退了出來，走在廡廊上，腳步一停，只道：「我若是妳，有這樣大好的機會，自然也是不會錯過的。畢竟滿京城都知道，臨淄王殿下同燕臨交好，燕臨冠禮，他是必定去的。」

姜雪蕙面色一變，似沒想到她竟說出這番話來，整個人都不由跟著緊繃。

姜雪寧卻是尋常模樣。

她垂眸看見她此刻手中捏著的那一方繡帕，便輕輕伸手將其從她指間抽了出來，攤開來放在掌中，露出面上繡著的一莖淺青蕙蘭，角上還有朵小小的紅姜花，於是眉梢輕輕一挑，望著姜雪蕙道：「我希望過些，妳最好也拿著這方繡帕入宮。」

那繡帕被姜雪寧重新放回了姜雪蕙手中。

姜雪蕙卻看著她，彷彿沒懂她說什麼。

姜雪寧與她素不親厚，自己打算自己的，也不想讓她聽明白，更不會解釋什麼，心底裡還惦記著要去看尤芳吟，把繡帕還她後，一轉身便朝府外去了。

這是夜裡還要出門。

可闔府上下也無一人敢置喙什麼，都像是習慣了一般。

姜雪蕙立在原地瞧她背影，渾然不在乎旁人看法一般，這世間種種加之於內宅女子的規矩，都似被她踐踏在腳下，一時竟有些許的豔羨。

可轉瞬便都收了起來。

姜雪寧過過的日子，她不曾經歷，自然也就沒她這樣的性情，說到底，都是人各有命。

很晚了，周寅之還待在衙門裡，沒回去。

下屬問他：「千戶大人還不回嗎？」

周寅之回：「有事，你們先去吧。」

那些個錦衣衛們便不敢多問，三個一夥五個一群的，把身上的官袍除了，勾肩搭背出去喝酒，留下周寅之一個人。

姜雪寧是戌時正來的。

外頭罩著玄黑的披風，戴著大大的兜帽，裡頭穿著鵝黃的長裙，卻是越發襯得身形纖細，到得衙門時把兜帽一放，一張白生生的臉露出來，眉目皆似圖畫。

周寅之看一眼，又把目光壓下，道：「下午時候清遠伯府那邊就來撈人了，不過周某記得二姑娘說休沐兩日，倒也暫時不急，想來明日放人也算不得晚。」

他晉升千戶不久，卻還是頭一回感覺到權柄在握，原來這般好用。

下午是清遠伯親自來的，見了他卻不大敢說話。

一盒銀票遞上來，三千兩。

周寅之看了他一眼，只把眉頭一皺，道：「伯爺不必如此，衙門回頭把人審完了就能放出來，至多七天八天，若令嬡確與尋釁滋擾無關，自然不會有事。」

清遠伯眼皮直跳。

他又從左邊袖中摸出一張五千兩的銀票來放上。

周寅之眉頭便皺得更深：「都是小輩們的事，錦衣衛這邊也拿得分寸，不至於與什麼天教亂黨的事情扯上關係，伯爺還請回吧。」

清遠伯一聽差點沒給嚇跪。

這回才咬緊了牙，好像疼得身上肉都掉下來一般，又從右邊袖中摸出一張五千兩的銀票來放上。

說話時卻是差點都要哭出來了，道：「我那女兒自打出生起就沒受過什麼苦，家裡也都寵著愛著，雖總犯點蠢，可也礙不著誰的事兒。她好不容易才選進宮當伴讀，過不一日便要回宮去的，還請千戶大人高抬貴手，通融通融。」

周寅之這才道：「伯爺愛女心切，聽著倒也可憐，既如此，我命人連夜提審，您明日來也就是了。」

清遠伯這才千恩萬謝地去了。

那一萬三千兩自然是留下了。

至於離開後是不是辱罵他心狠手黑，卻是不得而知。

此刻周寅之便從自己袖中取出一隻信封來，遞給姜雪寧，道：「伯府明日派人來接那尤月，不過卻隻字未提府裡另一位庶小姐。我同清遠伯說，此事還是要留個人候審，且尤芳吟是滋事的那個，暫時不能放人。伯爺便說，那是自然。然後走了。」

姜雪寧將那信封接過。

拆了一看，兩張五千兩的銀票。

她便又將銀票塞了回去，暗道破船的確還有三分釘。雖然算不上多，可也絕對不少，且周寅之是什麼人她心裡清楚，只怕清遠伯當時給的更多，給到她手裡有這一萬罷了。

也不知當時這伯爺神情如何，叫尤月知道又該多恨？

姜雪寧心底一哂。

只道，這錢用來做自流井鹽場那件事，自己再回頭補點，該差不了多少。

她道：「撈一個尤月都花了許多，伯府才不會花第二遭冤枉錢。一個是嫡女，一個是庶女，一個入宮伴讀，一個爹不疼娘不愛，死在獄中都沒人管的，且人家想你還要留個他們的把柄在手裡才安心，便故意把尤芳吟留給你，也好叫你這錢收得放心。」

都是官場上司空見慣的手段了。

周寅之聽著，點了點頭。

姜雪寧又問：「芳吟怎麼樣？」

周寅之便帶她去了後衙的牢房。

獄卒見著千戶大人帶個女人來，一身都裹在披風裡，雖看不清模樣，可也不敢多問什麼，得了吩咐二話不說打開門來，引他們進去。

錦衣衛多是為皇帝抓人，涉案的不是王公便是貴族，經常要使一些手段才能讓這些人說「真話」，是以這牢獄之中處處擺放著各式猙獰刑具。

姜雪寧前世今生都從未到過這種地方，一眼掃去，只覺觸目驚心。

然而下一刻卻是不可抑制地想起張遮。

上一世，那人身陷囹圄，審問他的是他仇人，種種熬煎加身，又該是何等的痛楚？

牢獄之中四面都是不開窗的，陰暗潮濕，冬日裡還冷得厲害。

有些牢房裡關著人，大多已經睡了。

也有一些睜著眼，可看著人過去也沒什麼反應，跟行屍走肉似的，眼神裡是讓人心悸的麻木。

只是越往前走，關著人的牢房越少。

大都空空蕩蕩。

到得最裡面那間時，姜雪寧甚至看見了那牢門外的地上，落下來幾片明亮的燭光。再往裡進了一看，這一間雖還是牢房，卻收拾得乾乾淨淨：擱在角落裡的床鋪整潔，還放了厚厚的被褥；靠牆置了一張書案，放著筆墨紙硯；此刻正有明亮的燈燭放在案上。有一人伏首燈下，仔細地看著面前一卷冊子，髮髻散下來簡單地綁成一束，從肩膀前面垂落到胸前，卻是眉清目秀，有些溫婉柔順姿態。

正是尤芳吟。

姜雪寧頓時就愣住了，站在那牢房外，看著裡面，一時都不知該做什麼好。

周寅之走在她身後也不說話。

倒是此處寂靜，他們從外頭走過來時有腳步聲，尤芳吟輕易就聽見了，轉頭一看，竟見姜雪寧立在外面，頓時驚喜極了，連忙起身來，直接就把那關著的牢門給拉開了，道：「二姑娘怎麼來了！」

姜雪寧：「……」

她幽幽地看了周寅之一眼。

不得不說，這人雖有虎狼之心，可上一世她喜歡用這人、偏愛器重這人，都是有原因的。

辦事兒太漂亮。

牢門原本就是沒鎖的，只如尋常人的門一般掩上罷了。

周寅之見這場面，便先退去了遠處。

姜雪寧則走進去，一打量，終究還是覺得這地方太狹窄，望著尤芳吟道：「我突發奇想搞這麼一齣來，帶累得妳受這一趟牢獄之災……」

尤芳吟卻是從來沒有這樣歡喜過。

她左右看自己這間牢房卻是舒坦極了，聽著姜雪寧此言，連忙搖頭，道：「沒有沒有，才沒有！周大人把我安排得很好，我知道二姑娘也是不想我回府裡去受罰，都怪我氣上頭來太衝動。我、我住在這裡，很開心，很開心的。」

姜雪寧一怔：「開心？」

尤芳吟卻是用力地點了點頭，掩不住面上的欣喜，便想要同她說這地方可比柴房好了不知多少，且還有燈燭能照著，有帳本能學著，只是話要出口時，對上她的目光，卻又覺得這事不能讓她知道。

所以張了張嘴，她又閉上了。

頭也低垂下來，沒了方才喜悅，又成了最常見的那畏首畏尾模樣。

姜雪寧見她這般，便是不知道也猜著七八分了。

再一看她這瘦削憔悴形容，哪兒能不知道她在宮裡這段日子，尤芳吟在府裡過著很不容易呢？

心底一時酸楚極了。

她強笑了一下，拉尤芳吟到那乾淨的床鋪上坐下來，眼底有些潮熱，只道：「我知道妳在府裡受她們欺負，可伯府的事情我卻也難插手，不得已之下才想出這種辦法。還好這裡有千戶大人能照應妳，別的什麼也顧不得了，好歹妳在這不是人待的地方，能過點像人的日子。等再過兩日，便叫周大人寬限些，能偷偷放妳出去。我過不一日就要入宮，那什麼自流井鹽場的事，任為志的事，可都還要靠妳呢。妳在這樣的地方，若能開心，我自然高興；可若不開心，也萬不能自暴自棄，我可什麼事情都要靠芳吟來解決呢。」

話她是笑著說的，可聲音裡那一股酸楚卻搞得尤芳吟心裡也酸楚一片，連忙向她保證：「二姑娘放心，芳吟雖然笨，可這些天來看帳本已經會了。這一回見著那位任公子，也已經談過。家裡二姐姐知道這件事後，也想要做。芳吟還記得您說過的話。這牢房既然能出去，也還能出去談生意，天下再沒有比這更好的地方。我、您，我反正很高興……」

她說得很亂。

末了想說點什麼安慰姜雪寧，嘴笨，又不知道該怎麼措辭了。

天下竟有人覺得牢裡住著比家裡舒服……

姜雪寧聽了，初時放下心來，可轉念一想，竟覺好笑之餘是十分的可憐。

當下也不敢在這話題上多說，只怕自己忍不住問起她在府裡過的是什麼日子於是將方才周寅之給自己的那信封從袖中取出，交到尤芳吟的手裡，道：「瘦死的駱駝比馬大，自流井任家那鹽場，再破敗也遠超尋常人所想，沒點銀兩辦不好事情，這些妳都拿在手裡。」

尤芳吟打開一看，卻是嚇住了。

她這輩子都沒見過這麼多錢。

姜雪寧卻知道這錢是清遠伯府來的，只道該在尤芳吟手中才是，就當彌補了。只是也不好告訴她，想起眼下的困境來，道：「清遠伯府是不拿人當人看，又有尤月這麼個苛待人的姐姐，本不該委屈妳繼續待在家裡。可一時半會兒我還想不到讓妳脫身的辦法……」

尤芳吟忙寬慰她：「沒事，芳吟真的沒事，便一輩子住在這裡也沒事。」

姜雪寧卻沒笑。

她望著她，第一次覺得這姑娘太招人疼：「本來離開伯府最好也最名正言順的辦法，是找個穩妥的人嫁了，如此誰也不能說三道四。可偏偏我要保妳只能出此下策，叫妳進過了一趟牢獄，將來的姻緣卻是難找了。」

離開伯府，最好的方法是嫁人。

尤芳吟眨了眨眼。

目光垂下，卻是看著自己手中這裝了一萬兩銀票的信封，思考起來。

「真的是那小賤人朝我動手的，連長凳都抄起來了，我甚至都沒有敢向她動手！都是那個姜雪寧從旁挑唆，故意攛掇小賤人這麼做的！」

「她從來被妳欺負，怎敢打妳？」

「真的，爹爹我沒有撒謊，你聽我解釋……」

「妳自來在府中跋扈也就罷了，出門在外還要動手打她，傳出去讓人怎麼說伯府？竟然還叫人拿住把柄，招來了錦衣衛的人，把妳人都抓進去！知不知道府裡為了撈妳出來花了多少錢？」

「什麼？」

「一萬三千兩，整整一萬三千兩，全沒了！」

……

因為旁人傳話都說是她與尤芳吟動手才被錦衣衛的人抓走審問，所以伯府上下都以為是她出門在外還向尤芳吟動手，這才遭此一難。

連清遠伯都這樣想。

畢竟誰能相信尤芳吟那樣孬種的人，平日裡府裡一個低等丫鬟都能欺負她，怎可能主動抄起板凳來對付幾乎掐著她性命的嫡小姐尤月？

簡直是撒謊都不知道挑可信的說辭！

尤月頂著清遠伯的盛怒，真是無處辯解！

在牢裡面關了一夜，又冷又餓，獄卒還格外凶狠，給的是味道發餿的冷飯，晚上連盞燈都不給點，黑暗裡能聽到老鼠爬過叫喚的聲音，嚇得她死命地尖叫……

一整晚過去，愣是沒敢合眼。

到第二天上午伯府來人接她回去的時候，兩隻眼睛早已經哭腫了，眼底更是血絲滿布，衣裙髒了，頭髮亂了，一頭撲進伯夫人的懷裡便泣不成聲。

尤月原以為，回了府，這一場噩夢便該結束了。

沒想到，那不過是個開始。

才剛回了府，就被自己的父親呵責，命令她跪在了地上，質問她怎麼闖出這樣大的一樁禍事來，還說若不是她欺負毆打尤芳吟，斷不會引來錦衣衛！

天知道真相就是尤芳吟率先抄起長凳要打她！

當時她連還手的膽子都沒有！

可誰叫她平日欺負尤芳吟慣了，用真話來為自己辯解，上到父母下到丫鬟，竟沒有一個人相信她，反而都皺起眉頭以為是她在為自己尋找藉口，推卸責任！

而且，一萬三千兩！

那得是多少錢啊！

尤月雙眼瞪圓了：「父親你是瘋了嗎？怎麼可以給他們一萬三千兩！錦衣衛裡那個新來的周千戶便是與姜雪寧狼狽為奸！這錢到他手裡便跟到了姜雪寧手裡一樣！我知道了，我知道了……」

話說到這裡時，她面容忽然扭曲。

「這就是一個局，一個圈套！爹爹，你相信我，就是姜雪寧那個小賤人故意挑唆了尤芳吟來打我，又故意報了官，叫那個姓周的來，好坑我們伯府的錢！他們既然敢做出這種事情來，又逼爹爹拿錢，我們不如告到宮裡面去，一定能叫他們吃不了兜著走！」

清遠伯只要想起那一萬三千兩，整顆心都在滴血，雖然是保下了尤月，可如今的伯府本就捉襟見肘，這一萬多兩銀子簡直跟抽了他的筋、扒了他的皮一樣痛。

是以看到愛女歸來，他非但沒有半分的喜悅，反而更為暴怒。

聽見她現在還胡說八道，清遠伯終於忍無可忍！

「啪！」

盛怒之下的一巴掌終於是摔了出去，打到尤月的臉上！

正說著要叫人去報官，告那周寅之收受賄賂的尤月，一張臉都被打得歪了過去，腦袋裡「嗡」地一聲響，沒穩住身形，直接朝著旁邊摔了過去！

「月兒！」

「父親！」

「伯爺您幹什麼呀！」

一時有去扶尤月的，有去拉清遠伯的，堂裡完全亂成了一片。

尤月不敢相信向來寵愛她的父親竟然會打她，而且還是因為她蒙冤入獄這件事打她，整個人都傻掉了，眼淚撲簌撲簌地掉下來。

她竟一把將扶她的人都推開了。

站起身來，直接就從堂內沖了出去，一路奔回了自己屋裡。

當下拿了鑰匙，翻箱倒櫃，什麼值錢的東西都找出來了。

丫鬟婆子們見她臉色可怕，都不敢上前阻攔。

但這會兒也不知她是要做什麼。

伯夫人忙著留在堂內勸伯爺消氣，只有大小姐尤霜擔心她，連忙跑了回來看她，見她把自己的積蓄都翻出來，嚇了一跳：「妳這是在幹什麼？父親不過是一時氣上頭了，妳平日裡欺負尤芳吟，把人往柴房裡一關十天，今次還在外面打她，才鬧出這樁事來，難道現在還要離家出走威脅誰不成？」

「連妳也相信他們不信我？」

尤月向來覺得這姐姐與自己同氣連枝，伯府裡只有她們兩個是嫡出，尤芳吟那賤妾所生的連給她們提鞋都不配。

平日她對尤芳吟過分的時候也沒見她出來說話啊。

這會兒倒裝自己是個好人了！

她冷笑起來：「好，好，妳不信便不信！那姜雪寧便是個吃人不吐骨頭的惡鬼，大家都在京城，早晚有一天會撞上，我且看看屆時你們是什麼下場！」

尤霜覺得她在牢裡關了一天已經不理智，聽了這話都愣住了。

尤月卻已翻出了自己的私房錢來數。

她臉上有幾分可怕的偏執，只道：「至於離家出走？妳放心，我不至於這麼蠢。不就是為那一萬多兩銀子才對我這般疾言厲色嗎？我便要叫你們看看，一萬多兩銀子算得了什麼！」

「妳數錢幹什麼？」

尤霜莫名有些害怕。

尤月卻看著她笑：「不幹什麼。」

心裡想的卻是，尤芳吟那小賤人現在也一樣被關在牢裡，吃著苦頭，怎麼著也比自己慘上幾倍。且總有一日她要回府。

屆時她要十倍百倍報復回來！

說完卻轉頭直接叫了先前去蜀香客棧那邊探聽情況的下人進來，問：「任為志那邊怎麼樣了？」

那下人這些天來都在暗中打聽情況，今日一早正好有個緊要消息，一聽尤月問，便連忙在外頭稟道：「昨天有位京城裡出了名的幽篁館呂老闆去客棧拜訪過了任公子，今日一早又去了一趟，有風聲傳出來，說是呂老闆已經出錢入了一些股，但還不知道真假。」

尤月聽得心中一喜。

有這樣大商人下場，事情便是靠譜的。

但緊接著又心急如焚。

這件事若被別人搶了先，可就撈不著什麼便宜了。

當下，她只道一聲「我知道了」，便將匣子裡的銀票抱了，轉頭往門外走。

尤霜看得眼皮直跳，拉住她問：「妳幹什麼去？」

尤月十分不耐煩地甩開了她：「不用妳管！」

兩日休沐，眨眼便過。

又到了伴讀們返回宮中的時候。

仰止齋裡陸續來了人，漸漸開始熱鬧起來。

姜雪寧那一晚在尤芳吟的牢房裡說了好一會兒的話才走，回去卻不知道為什麼夢魘纏身，一整夜都幾乎沒合過眼，白日裡只忙著清點燕臨以前送給自己的東西，都一一裝在箱子裡，以交給姜伯游處理，是以次日返回宮中的時候，都還有些沒緩過勁兒來。

但她只是看上去有些睏倦罷了。

伴讀中比她憔悴的大有人在。

經過先前查抄逆黨之言的事情，仰止齋裡的宮女全都換了一茬兒，看著都是生面孔。個個垂首低頭站得很遠。

流水閣裡陳淑儀在沏茶，蕭姝在喝茶，周寶櫻卻是在吃茶點，姚蓉蓉則是小心翼翼地陪坐在旁側，打量著眾人也不敢說話。

姚惜和尤月相對坐著。

這兩人的眼圈都有些泛紅，只是姚惜埋著頭、垂著眼、沉著一張臉，看著自己面前的杯盞，隱隱透出幾分陰沉之意，卻並不說話；尤月則是兩眼浮腫未消，即便用煮熟的雞蛋滾過了，看著也是剛挨過打一般的狼狽，一雙眼抬起來，更是毫不掩飾地死死盯著剛從外面走進來的姜雪寧。

這氣氛，傻子看了也知道不對。

姜雪寧剛進來沒注意到姚惜，因為此刻的尤月看著實在是太慘也太顯眼了，讓人不能不一眼就注意到她。

她想過尤月會很慘，可沒想到會慘到這地步。

看這恨不能將她吃了的眼神，該是連那一萬兩的事情也知道了吧？

只是姜雪寧半點都不心虛。

她唇角含著些微的笑意踱步進來，只半點不含糊地直接回視尤月，開玩笑似的道：「看尤姑娘這樣子，怎麼像是回家遭了劫難一樣？連脂粉都遮不住臉上的痕跡了，這是遇到什麼事兒了呀？」

尤月真是恨毒了她。

可經過了茶樓那一遭，她才算是徹徹底底地明白過來：不管是在宮裡還是在宮外，她都是鬥不過這個女人的。至少目前鬥不過！

這女人蛇蠍心腸，歹毒至極！

她對姜雪寧是又恨又怕，也知道在這仰止齋中，自己並無任何優勢，是以面對著她這明顯的挑釁和嘲諷，竟只能咬碎了牙和著血往肚裡吞，不敢回一句嘴。

在場的都是明眼人，只從這簡單的一個回合，便猜在宮外這短短的兩天裡，尤月怕是在姜雪寧面前栽了個大跟斗，以至於此刻雖然仇恨，卻怕到連嗆聲兒都不敢了。

姜雪寧見她知道慫了，倒覺省心。

只是好整以暇坐下來抬起頭時，卻在無意中對上了姚惜那沉冷的目光，但在看到她抬起頭時，那沉冷便收了起來。

姚惜竟然扯開唇角向她一笑。

姜雪寧忽然就想到了那日深夜宮中，張遮對自己說要退親，再一想姚惜此刻的笑，只覺背後陡地一寒：姚惜心胸狹窄，心思也不很純正，該不會以為是她在背後告狀壞了她親事吧？

但姚惜一句話也沒說。

姜雪寧更不好問。

這短短的一個眼神交匯間的細節，就像是沒有發生過一樣，並未激起半分的浪花。

她們八位伴讀，大都是晚間才到。

上一回走時，樂陽長公主沈芷衣還在被太后娘娘禁足；等她們這次返回宮中，沈芷衣的禁足卻是已經解除，加之她們伴讀有一陣，也算與沈芷衣熟悉了，當即便由蕭姝提議，掐算了時間，去鳴鳳宮找她，也好解解她的乏悶。

沈芷衣的確乏悶得厲害。

因為為勇毅侯府求情，她竟與母后一言不合吵了起來。說是叫她禁足反省，可她也不知道自己錯在何處。是以今日雖然解除禁足，卻也賭氣不願去慈寧宮請安。

伴讀們來得正好。

鳴鳳宮乃是她寢宮，什麼玩樂的物件都有，便拉了眾人一起來玩，一會兒演皮影，一會兒下雙陸，還玩了幾回捉迷藏，到很晚時候蘇嬤嬤來提醒，才停下來。

姜雪寧昨夜便沒睡好，一整個白天也基本沒合過眼，玩的時候便有些心不在焉，看她們下雙陸時腦袋便一點一點，差點打上了瞌睡。

沈芷衣將這情景看在眼中。

她也不管旁人怎麼想，先叫其他人都散了，卻去拉了姜雪寧的手，鼓著腮幫子道：「寧寧妳是不是睏了？仰止齋距離我的寢宮可有好遠呢，妳今晚就在我這裡睡吧。」

就在這裡睡？

姜雪寧聽見一個「睡」字真是渾身打了個激靈，登時有多少瞌睡都嚇醒了！

她開口想拒絕。

但先前沈芷衣同人玩鬧時那歡喜的神情已然不見了，眼簾低垂下去，笑了一笑，卻是有些喪氣惆悵模樣，低低道：「我想找個人說話。」

這時姜雪寧才發現，自己似乎是吃軟不吃硬的。

她知道沈芷衣為何會被禁足，也知道她從小同燕臨要好，想想此刻她貴為長公主，卻只能看著自己的皇兄命重兵圍了勇毅侯府而無能為力……

原本到嘴邊的話便說不出口。

姜雪寧終是道了一聲：「好。」

長公主的寢宮，自是要多奢華有多奢華，金鉤香帳，高床軟枕。

沈芷衣好歹把姜雪寧拖上了床。

她給姜雪寧換上了自己的寢衣，把宮裡伺候的宮女嬤嬤都攆了出去，光著腳抱了繡錦的枕頭便到她身邊來，同她一般平躺在床上。

深宮裡一片靜寂。

殿裡的燈都熄滅了，只有窗上糊著的高麗紙還映出幾分外頭的亮光。

姜雪寧忽然有點恍惚。

沈芷衣在她旁邊，看著帳頂，眨了眨眼，道：「寧寧，妳說大人們怎麼想的和我們不一樣呢？燕臨那樣好，侯府也那樣好。小時候我還去過他們府裡，那櫻桃樹長得高高的，上頭結的櫻桃都紅紅的，聽說是燕臨的姑母當年栽下的。我饞得很，也頑皮，老想往那樹上摘櫻桃吃。燕臨總說沒熟，不要我上去。有一回，我便騙他說伯父叫他去練武，自己偷偷爬上了樹，摘了那櫻桃來吃，結果真是酸倒了我牙。」

姜雪寧淚劃過了眼角。

沈芷衣兩手都交覆在身前，特別想哭：「後來燕臨回來找我，沒找見。我躲在樹上面，想要嚇一嚇他，結果不小心從樹上掉了下來，摔到地上，疼得大哭。燕臨都嚇住了，反應過來也不敢動我，叫人來後，又冷著臉訓我，說我活該。伯母見他這麼凶，便請出家法來把他打了一頓給我消氣。我都已經忘了那時候我幾歲，也忘了更後來還發生了什麼，就記得那樹，好高好高，太陽好大好大，還有那櫻桃，明明記得是酸的，可想起來竟然好甜好甜……」

她說著，便真哭了起來。

這幾日來便是發脾氣也沒有哭過一次，可也許是覺得寧寧和別人不一樣，見到她的第一次便能說到她心裡去，於是覺得這樣的話對她是可以說的。

她同蕭姝固然要好，可這樣的要好是隔了一層的……

有時候她甚至覺得不舒服。

明明她是這宮中最尊貴的長公主，可旁人看著蕭姝，母后待蕭姝，也好像不比自己差，且總覺得，寧寧和阿姝也是不同的。

沈芷衣從來沒覺得這樣傷心過。

她忍不住抱住了姜雪寧，將腦袋往她身上一埋，眼淚便全掉了下來，可又不敢叫殿外面的宮人們聽見，便壓抑著那聲音飲泣。

姜雪寧覺著自己頸窩裡濕了一片。

只聽見她模糊的聲音：「我好怕，以後燕臨不見了，伴讀不見了，大家都不見了，妳也不見了，就只剩下我一個人……」

姜雪寧喉間哽著。

她要竭力地睜大了眼睛，用力地克制著自己，才能不使情緒在這樣一個夜晚中、在這樣一座深宮裡崩潰。

便是貴為公主，也有這樣傷心惶恐的時刻……

人活在世間，誰又能免俗？

沈芷衣哭了好久，等哭累了，便漸漸睏了，躺在她旁邊慢慢睡著了。

姜雪寧為她掖好了被角。

側轉身來凝視這位本該集萬千寵愛於一身的公主，想起她上一世悲戚甚至愴然的命運，許久後，輕輕俯身親吻她額頭，然後才退了開，赤著腳踏在了這寢殿冰冷的地面上，走到了一扇雕窗前，輕輕打開了一條縫，朝著外面望去。

一盞盞宮燈高懸。

紅牆飛簷，重重疊疊。

鳴鳳宮比之樸素的仰止齋，實在是太像坤寧宮了，姜雪寧睡不著，也不敢睡著。

第七十九章　宮裝

姜雪寧基本一夜沒睡，到天將明時才想著天亮還要去奉宸殿上課，因而強逼著自己忘卻這座宮廷帶給自己的不適，打了個盹兒。

但也沒一個時辰。

越是皇家越是規矩極嚴，睡懶覺這種事，姜雪寧在府中能有，沈芷衣在宮中卻難有。許多年宮廷生活下來，一到起身的時辰，都不用宮女來叫，她自己便睜開了眼睛，起身來由宮人伺候著洗漱穿衣，顯然早已習以為常。

大約是昨夜哭過發洩了一通，今早起來她除了眼眶有些發腫外，倒是恢復了往日的元氣。

她不光自己洗漱，還指揮宮人們去伺候姜雪寧。

姜雪寧前天晚上便沒睡好，昨夜一番折騰上來就更顯疲憊，只是看沈芷衣難得恢復了歡笑模樣，也不好表現出來讓她看出端倪，壞了她難得的好心情。是以強行忽略了兩邊太陽穴傳來的突突的緊繃之感，唇邊上掛著笑，一面與沈芷衣說話，一面接受了宮人們的伺候。

仰止齋中的宮人並不伺候起居。

但姜雪寧上一世是當皇后的人，受著宮人們的伺候倒沒有什麼不自在。只是在她極其自然地將錦帕遞回到那宮人的手中，並下意識擺手要叫她們退下時，一股冷意才從她腳底下竄了上來，讓她不寒而慄。

沈芷衣還沒察覺出異常。

寢殿裡伺候的女官看了姜雪寧一眼，卻有些為難地問她：「殿下，您昨夜一時興起留姜伴讀宿在殿中，宮人們卻都還沒去仰止齋取姜伴讀常穿的衣裙，不知現在……」

該穿什麼？

沈芷衣也回頭一看，此刻姜雪寧站在那邊只穿著雪白的中衣，一張美人臉素面朝天，大約是剛睡醒，頗有點病容懨懨的感覺，像極了仕人畫中那些愁眉輕鎖的病美人。

真是太好看了。

她眼前不禁一亮，立刻朝那女官道：「寧寧身量與我差不多，穿我的自然最好不過！來，寧寧，我要給妳挑一身最好看的！」

姜雪寧：？？？

她還正在想自己在坤寧宮中養成的那養尊處優的習慣，根本都沒注意她們在說什麼，還沒反應過來，就已經被沈芷衣拉著坐到了妝鏡前。

接下來就聽沈芷衣左右招呼。

一會兒喊這個宮女來為她傅粉畫眉，一會兒喊那個宮女重新拿一身宮裝來，又親自打開了自己的妝奩，什麼紅寶石耳墜，景泰藍手鐲，全往姜雪寧身上比劃。

姜雪寧一時有些哭笑不得，只覺得沈芷衣像是忽然得了玩偶的小姑娘，一定要把她妝扮得漂漂亮亮地才肯甘休。

她有些睏倦，便沒精神阻攔。

索性一會兒站起一會兒坐下，任由她擺弄。

沈芷衣又換了一副耳墜在她耳垂上比劃，只覺這淺淡如煙霞的紫琉璃也唯有她這樣纖細的脖頸和雪白的膚色能撐得住，好看得讓人捨不得移開目光。

只是看著看著，她先前飛揚的眉眼便垂了下去。

姜雪寧瞥見了，問她：「不好看嗎？」

沈芷衣放下手來，望著她的目光不曾移開，卻是多了點點滴滴的心疼：「好看，可就是太好看了。我忍不住要去想，妳這樣不爭不搶的性子，在宮裡還要被人算計，若往後燕臨也沒了，該有誰來護著妳。」

姜雪寧無言。

沈芷衣卻是出奇認真地思考了起來，眼珠子骨碌碌一轉，接著便是一亮，竟問她：「妳覺得我王兄怎麼樣？」

沈玠？

姜雪寧眼皮一跳，立時想起自己上一世命運的軌跡來，想也不想便立刻道：「多謝殿下抬愛，臨淄王殿下自是儒雅端厚，雪寧寒微之身只想安平一生，您可開不得玩笑。」

沈芷衣甚是不解：「我王兄有什麼不好的？」

姜雪寧心裡道，妳王兄哪裡都好，就是不適合我。

沈芷衣想到這一茬兒很是興奮，宮裡都是她的人，也不憚被旁人聽去，直接蹭到了她面前道：「真的，寧寧，我聽母后和皇兄說過，不久後就要為我王兄選妃。如果妳能成為我王兄的王妃，將來王兄多半被皇兄立為皇太弟，往後也住在宮中。這樣妳也就住在宮中，那豈不是能天天與我住在一塊兒，常日見著，一塊兒吃一塊兒玩一塊兒睡覺？」

她兩隻眼睛都亮晶晶的。

姜雪寧想起這一世沈芷衣待自己甚是赤誠，她有心想要直接拒絕，可對著這樣的目光，那話到了嘴邊，竟不大說得出口。

可若是不說清楚……

先前明明沒有呈遞她名姓卻偏偏陰差陽錯入宮伴讀的事情，又一次浮現在她腦海，緊接著浮現出來的便是入宮後所經歷的種種，以及將來要發生的種種。

她實在是怕了，也倦了。

經歷過了上一世的繁華，姜雪寧實在不想重蹈覆轍了。

她忽然用一種前所未有的認真的目光，回望著沈芷衣，輕輕將那一串紫琉璃耳墜從她手中拿了出來，放回妝奩上，道：「雪寧是殿下破例召入宮中的，中間大費周折之處，想必殿下比我更清楚。那殿下也該清楚，最初姜府報了入宮的那個人，並非是我。能得殿下青眼，奉詔入宮，伺候又得殿下多番照顧。能認識殿下，雪寧也很高興。可宮中的生活卻並不是雪寧所喜歡的，雪寧出身寒微，心無大志，只想回到兒時的鄉野之間，一騁心懷……」

沈芷衣怔住了。

她沒想到姜雪寧竟會說出這樣一番話來。

手裡那串紫琉璃沒了，取而代之的是她微微帶著暖意的手掌。

但一股怒意卻從心底浮了上來。

沈芷衣想說「我待妳這般好，妳怎敢想著離開」，可一觸著姜雪寧那溫然誠懇的目光，才升起來的那片怒火便如被脈脈的流水壓下來似的，慢慢熄了，轉而成了幾分孤寂和可憐。

她道：「妳不喜歡宮裡？」

姜雪寧道：「這裡的日子過得叫人很不痛快。」

沈芷衣憋了一口氣：「那妳說，誰叫妳不痛快，我統統給他們一個痛快，讓妳痛快痛快！」

簡直小孩兒脾氣。

兩隻眼睛瞪得大大的，細細的眉也揚起來，眼角下雖有著一道舊疤，卻無損她公主的尊貴。只是兩邊腮幫子鼓起，嘴唇抿得緊緊的，顯然是不肯善罷甘休。

姜雪寧無奈極了。

當下只怕這話題再繼續下去，反倒激起她脾氣，給自己來個一不做二不休，暗地裡讓她嫁了沈玠，那可沒處說理去，是以嘆了口氣便想轉移話題，道：「還是看看今日穿什麼吧，耳墜也蠻好看的……」

但沈芷衣可不是那麼好糊弄的人。

她就是喜歡姜雪寧這個玩伴。

一面與她妝扮，一面卻是搜腸刮肚，挖空了心思地想從她嘴裡套話，問：「是仰止齋的宮人對妳不好？內務府那幫狗東西分例苛待了妳？那個叫尤月的又欺負妳？妳就說嘛，到底誰叫妳不痛快了？寧寧……」

這架勢，儼然是姜雪寧說一個她就要去幹掉一個！

姜雪寧頭上冒了冷汗。

可沈芷衣問題卻是一個接一個，猜測一個比一個離奇。

一張嘴叭叭忽然就說個沒完，簡直像只聒噪的八哥。

姜雪寧仰天長嘆。

頭一次，她這麼想給自己一個大嘴巴子：早知如此，她直接跟沈芷衣說一句「我更願意當殿下的伴讀，而不是當殿下的皇嫂」，只怕沈芷衣就樂得直接打消讓她嫁給沈玠的想法了，哪裡用得著和現在一樣被她翻來覆去地詢問？

真情實感遭雷劈啊！

終於，在沈芷衣說出第二十三個離奇的猜測之後，姜雪寧沒禁受住誘惑的考驗，嘗試著開口道：「殿下既然如此在意我痛快不痛快，那我……就說了，其實出宮我就痛快了……」

沈芷衣朝她露出一個甜美的笑容：「寧寧啊，妳做夢。」

姜雪寧：「……」

沈芷衣把那串紫琉璃耳墜給她掛上，十分爽朗地哄她：「換一個，換一個本公主一定給妳辦到！」

姜雪寧心底默默淚流，琢磨了半天，腦袋裡忽然冒出一個狗膽包天的想法：「那最讓我不痛快的就是學琴了，謝先生三天兩頭抓我去學琴，要求還極其嚴格……」

沈芷衣：「……」

姜雪寧眨巴著眼睛：「您說過一定給辦到的。」

沈芷衣：「……」

這回輪到沈芷衣心裡默默流淚：滿朝文武都知道謝先生在治學上的地位，要知道她在宮裡上學這件事引得滿朝非議，若無謝先生首肯，只怕還不能成。且謝先生平日裡那教書的架勢，便是給她一百個膽子，她也不敢到他面前猖狂，不准他提溜姜雪寧學琴啊！

可什麼都能丟，樂陽長公主的面子不能丟！

沈芷衣強忍著心虛，義正辭嚴地道：「謝先生肯這樣認真地教妳，朝堂公務都忙不完呢，每日還要抽大半個時辰來教妳學琴，是旁人都羨慕不來的事情。妳怎麼能嫌棄謝先生嚴格呢？太過分了！」

姜雪寧想開口：「可——」

沈芷衣搶道：「妳再多說一句我把妳厭棄學琴的事情告訴謝先生！」

姜雪寧：「……」

以前我竟然不知道妳竟然還會拿打小報告威脅人！

她驚呆了。

沈芷衣卻咳嗽了一聲，臉不紅心不跳地道：「哎呀，本公主也不是萬能的，除了這兩件事之外還有誰叫妳不痛快，妳說出來，本公主必定為妳主持公道！」

姜雪寧想半天，憋出來一句：「沒有了。」

只是待穿衣上妝完畢，同沈芷衣一道用早膳的時候，她看著那塊放進碗裡的酥餅上用玫瑰花餡堆成的半朵蘭花，夾起來咬了一小口，卻是慢慢搭下了眼簾。

沈芷衣問：「怎麼了？」

姜雪寧目光微微一閃，看著那一小塊酥餅，只道：「沒什麼，不過忽然記起我家中姐姐，也會做這樣的餅餌，一下有些想念……」

她說完便又岔開話題，繼續吃了。

沈芷衣卻是垂眸思考片刻，認真把這句話記在了心裡。

用過早膳後兩人便去奉宸殿上學。

她們到時，旁人早到了。
眾人正在說話，聽見說樂陽長公主來，都轉頭看去。
可誰料想這一看，目光竟收不回來——
只是這目光並未落在樂陽長公主的身上，而是落在姜雪寧的身上！
入宮多時，伴讀們穿的大多是自己來時所帶的衣裳。
姜雪寧素日來的打扮更是偏於素雅，有點仗著自己底子好懶得打扮的任性。可今日她從鳴鳳宮中來，穿的乃是宮人們花了好久才選出來的往日沈芷衣穿的宮裝。
雪白的衣料上壓著一層又一層細密的金線。
深藍色的仙鶴銜雲圖紋從衣裙的下襬攀上來，兩邊寬大的袖袍上流水紋則如錦繡堆疊，腰間還掛了一塊白玉玲瓏佩環，唯獨那月白色繡牡丹的香囊是她自己的。
一張臉更是精緻璀璨。
膚色本就白皙，描眉畫眼，唇畔點染檀紅，顧盼間已然神飛，一顰一笑都顯得動人心魄。
但更叫人驚訝的是給人的感覺。
並沒有任何小女兒家偷穿了錦繡華服的不適與不配，她穿著這一身宮裝，原本漫不經心的輕浮隨意似乎跟著不自覺地收斂進去兩分，扶著宮人的手一步步走近，竟顯出一種身在九重宮闕的凜冽與高華。

蕭姝看了她好半天都沒反應過來。

樂陽長公主卻是高興地向眾人炫耀，這是她打扮了一早上的成果。

眾人見了姜雪寧這般姿容又如此精心打扮之後的容顏，心下震撼之餘，卻都有些泛酸，可面上還不得不附和稱讚，一時都跟打翻了五味瓶似的複雜。

姜雪寧從鳴鳳宮出來前也曾照過鏡子，只覺這華麗宮裝穿在身上，好看自是好看，可卻彷彿夢魘一般，透過妝鏡看去，看見的竟不是自己，而是上一世那個進退不能、繁華迷眼的皇后。

她有心想換一身。

可眼見著要到上課的時間，也來不及再換，只好穿著這麼一身到了奉宸殿。

她一夜沒睡，心思也煩亂，一堂課上了個心不在焉，直到這堂課結束了看眾人都把琴擺到了琴桌上，她才一下想起下堂是謝危教琴。

於是掐了掐自己眉心，這才醒了醒神。

那張蕉庵還在偏殿裡放著，姜雪寧出了殿門便往偏殿去。

沒料想今日謝危竟然很早就在偏殿。

殿門口的小太監有些驚訝地看了她一眼，隔門通傳後，便打開門讓她進去。

姜雪寧進了門。

謝危今早沒有經筵日講，也不想待在內閣同那幫老頭子吵架，是以才來了偏殿處理公文，此刻正起身將自己那張「峨眉」從牆上取下，一轉頭看見姜雪寧，也是怔了一怔。

姜雪寧同他見禮：「謝先生好。」

謝危的目光卻在她身上停留了許久，打量她衣著與妝容，眉頭竟漸漸皺緊了，只道：「不好看。」

說完他便斜抱峨眉，往殿門外走去。

「……」

姜雪寧站在原地，簡直滿腦門子官司。

這人怎麼回事？

雖然她自己也覺著這一身穿著很不喜歡，可從謝危嘴裡說出這話來，怎麼就這麼不中聽？女兒家什麼妝容什麼衣著，臭男人看得出什麼門道深淺也來置喙？

更何況，她怎麼可能不！好！看！

姓謝的不愧是平日讀佛經道藏的，上輩子連女人都不沾，怕是本來也不得姑娘喜歡吧！活該討不著老婆！

第八十章　睡著了

最近一段時間學琴，基本都學右手指法。每學一種指法後都有相應的琴曲教給她們做練習，謝危要求很嚴，誰也不敢馬虎。

連沇芷衣在堂上也都規規矩矩。

唯獨姜雪寧今日上課時，一雙眼睛瞪得老大，反正也不准她摸琴，乾脆坐在第三排最靠後的角落裡，冷眼瞅著謝危，彷彿想用目光把這人給瞪穿了。

謝危一時沒明白她這是想幹什麼。

好在姜雪寧連著兩晚都沒大休息好，眼睛有些泛酸，瞪了他有一刻，睏倦就翻湧上來，沒一會兒就沒撐住，打了個呵欠，能堅持住不閉上眼睛趴到案頭去睡覺已經是極有毅力的事了，再提不起什麼精神來瞪他。

一堂課再次渾渾噩噩地過去。

下學時候，眾人都已經知道姜雪寧學琴素來是要被謝先生提溜著的，誰也不想留在這裡同他多待，一溜煙全散掉。

姜雪寧卻走不脫。

謝危抱著琴從殿上走下來，但問：「妳瞪我幹什麼？」

姜雪寧好不容易熬到下課，剛想要打個呵欠，聽見這話卻是不得不強行將其憋了回去，為自己辯解：「怎麼會呢？您一定是看錯了，學生怎麼敢做這樣的事？」

謝危淡淡道：「不僅敢做，還敢撒謊了。」

姜雪寧假笑起來：「那該是學生認真聽您講課，一時入神，對您懷有萬般的孺慕之情，看呆了眼吧。」

謝危不為所動：「是麼？」

姜雪寧看了他這不鹹不淡的樣子就來氣，頓時又想起這人方才皺眉說她「不好看」時的神情，於是暗暗起了幾分報復之心，笑得格外甜美，道：「也可能是謝先生今日講得枯燥乏味，十分不好，所以學生聽得一頭霧水，不自覺只能看著您了。」

謝危：「……」

枯燥乏味，聽得一頭霧水！

若說先前他整個人還姿態從容，這會兒聽了姜雪寧這兩句話，一張臉的臉色頓時就拉了下來，連眸底溫度都變得低了幾分。

從來沒有人這樣評價過他——

自打四年前回到京城開始在文淵閣主持經筵日講以來，不管是先生還是學生，不管是同僚還是皇帝，對他都是稱讚有加，姜雪寧這麼睜眼說瞎話的刺兒頭，他還是第一回遇到。

心裡梗了一下，謝危薄薄的唇線緊抿成平直的一條，有那麼一剎是想要發作的。

可目光回落到姜雪寧身上，到了又忍了。

他波瀾不驚地道：「自己開小差就差沒睡過去了，聽不明白，倒怪起先生不會教，也是本事。」

姜雪寧笑容不變：「您說得對。」

簡直有點沒臉沒皮的味道，謝危說什麼她就是什麼。

謝危也懶得同她計較，便往殿外走去。

可沒想到他才一轉身，姜雪寧就在他背後輕輕咬著牙小聲嘀咕：「自己連個老婆也討不著的大老粗，欣賞不來，不也有膽量說我不好看麼！能耐了啊你！」

「妳說什麼？」

謝危腳步一頓，直接回轉頭來看她。

姜雪寧脖子後面一涼，連忙把琴一抱就跟了上來，彷彿剛才小聲嘀咕的那個人根本不是她似的，異常狗腿地走到了謝危身邊，道：「學生說自己就是個大老粗，什麼也不懂得欣賞，還好謝先生心善，肯對我多加指點，我們這就學琴去吧。」

「……」

真當他耳背？

謝危盯了她有好半晌，覺著這學生有那麼點「三天不打上房揭瓦」的混勁兒，又想起這些年坊市間有關於她的種種跋扈傳言，只覺自己該要約束她一下，免得她覺著自己好相處，越發得寸進尺。

可待要發作時，又見她一雙眼亮晶晶地看著自己。

這模樣真是乖覺極了。

謝危訓斥的話到了嘴邊，沒能說出來，到底咽了回去，只把寬大的袖袍一甩，道：「還知道誰是先生誰是學生便好，走吧。」

他轉過身去。

姜雪寧朝著他背影吐了吐舌頭，這才跟上。

又到奉宸殿偏殿。

謝危將峨眉放在了另一張琴桌上，只道：「這幾日來教的都是右手的指法，今日講完按理便該對右手指法略有瞭解且能彈相應的琴曲。殿裡面我撫琴時妳坐得甚遠，怕也不大能看清指法如何。所以現在我再彈一遍，妳須仔細看清指法的細節，我彈完之後便由妳來練習，彈一遍給我聽。」

姜雪寧頓時一個頭兩個大。

謝危卻只問她：「聽明白了？」

姜雪寧坐在了自己那張琴桌前，非常誠懇地點了點頭，道：「聽明白了。」

琴之一道於謝危而言，已是信手拈來。

他彈了今日在奉宸殿正殿裡為諸人演示過的《彩雲追月》。

琴音淙淙，瀉如流水。

這種適合練習指法的琴曲，韻律簡單而輕快，像是彈跳在清泠泠泉水上面的水珠，又像是隨著溪水飄落而下的竹葉，並不複雜，由謝危彈來已有幾分返璞歸真的味道。

他撫琴時向來心無旁騖。

待得琴音終了，才緩緩地將雙掌垂下，壓了這一曲悠悠的餘音，抬起頭來，道：「妳看清——」

「楚了」兩字卡在喉間，陡地戛然而止。

謝危的臉色忽然差到了極點——

旁邊那張琴桌上，原本剛進來時還端端正正坐著，片刻之前還睜大了眼睛回答了一句「聽明白了」的姜雪寧，不知何時已經整個人都趴了下去。

琴桌就那麼大點地方。

臉趴下去之後，擱在上面的那張蕉庵古琴便被擠得歪到一旁，她兩條手臂抬起來枕在腦袋下面，眼睛早已閉上，連呼吸都變得均勻起來。

竟然直接睡了過去！

謝危還壓在琴弦上的手指忽然變得有些重，他怕自己一個不小心摳斷琴弦，便慢慢將手指抬了起來。

面上也慢慢沒了表情。

偏殿之中沒有戒尺，但書案上卻放著今日要用的曲譜，他站起身來拿起那本曲譜，在手掌中順著書籍一卷，便朝姜雪寧走了過去，想要叫她起來。

只是他走過去，站到她身邊，舉起那本卷成筒狀的曲譜，想要「請」她醒過來時，卻不知為什麼，停了一停。

宮裝繁複，看著固然華麗，可穿起來卻顯厚重。

少女的身形卻很纖細。

站著或是坐著時，脊背挺得筆直，眉眼顧盼神飛溢采，尚不覺得怎樣；可此刻枕著自己雙臂，就這麼趴伏在窄窄的琴桌上睡著時，便自然地將自己蜷成了小小的一隻。

這一身華麗的宮裝，於是忽然像一副堅硬的盔甲。

但藏在裡面的……

只是個脆弱的小東西。

少女該是睏極了，便是眼瞼下撲了一層脂粉，也看得見些許疲倦的淺青。

眼睛閉著，細眉垂著。

豔麗的口脂有一些因為趴伏的動作蹭在了宮裝的袖襬上，倒像是幾瓣落花，又像是掉落的畫筆在畫紙上隨意地拉了幾道。

一串細細的紫琉璃耳墜搭在了耳邊臉頰。

外頭的天光不甚明亮，穿過那剔透的紫琉璃時，便折射出了幾許柔和而璀璨的光，映落在她雪白的皮膚上。

這些日來他在殿中講學，姜雪寧從來都是豎著耳朵聽的。

便是叫到這偏殿中靜心，她也從來乖乖地沒有怨言。

今日卻是他一沒留神，她就趴下去睡了。

謝危的目光落在她那捲曲而濃密的眼睫上，也落在她微微輕鎖的眉頭上，只疑心她是不是正在做什麼噩夢，過了許久，終究還是將那眼看著就要敲到她腦袋上的曲譜收了回來。可站在已陷入酣眠的少女身邊，一時又有點不知如何是好了。

這麼棘手的學生……

還真是頭回教。

早知如此，又何苦給自己添這麻煩？姜雪寧是不是學壞了，同自己又有什麼相干呢……

他心底一哂。

雖忍不住去想這小丫頭是不是昨夜玩鬧到太晚也不知休息，今日才這樣睏，可自從經歷過上次《女誡》的事情，誤會過她一次後，他便不會再武斷地輕易下定論了。

在她身旁站半天後，謝危沒忍住，搖了搖頭，無聲地一笑。

竟是不打算叫她，由著她去睡。

只是沒想到，他才剛轉過身去，準備趁這點時間繼續處理些公文，外頭就有人叩了叩門，對著裡面道：「謝先生，聖上在乾清宮，正在議事，請您過去一趟。」
是個有些沉厚的太監的聲音。
大約也是完全沒有想到裡面會有人正在睡覺，是以聲音有些大，沒有半點放低。
謝危剛一聽就皺了眉，下意識轉過頭去看姜雪寧。
姜雪寧正在夢裡脫了襪踩水下去捉蝦，正高興間聽得一聲「乾清宮」，愣了愣，那只大蝦於是一下從她手裡溜了出去。她著了急，使勁兒地往前一撲，腦袋跟著往前一點，頓時就醒了。
整個人卻還沒反應過來。
她霍然坐起身，只喊：「我的魚，我的蝦！」
然後一抬眼，對上了謝危那一雙忽然變得複雜難言的眼眸。
姜雪寧：「……」
琴擺在面前，謝危站在面前。
她忽然覺得一顆心涼得透透的，自己整個人也涼得透透的。
謝危想起先前還疑心她是做了噩夢，忽然覺著自己近來似乎有些仁慈過頭了，此刻只靜靜地看著她，微微一笑：「魚有了，蝦有了，要不我再去御膳房，給寧二姑娘請個大廚，湊一頓山珍海味？」

第八十一章　痛快

什麼魚，什麼蝦！

再給姜雪寧一百個膽子她也不敢吃了！

不過……

一說起吃的，她腦袋裡就忍不住冒出桃片糕來。如果是眼前這個男人親自上，叫她去吃，也不是不可以？

不不不，趕緊打消這種危險的念頭！

謝危本就忌諱她知道他那些不為旁人所知的事情，她要一個不小心說出來，天知道這人又要想到哪裡去，屆時變成實打實的禍從口出，可就不妙。

想到這裡，姜雪寧臉上露出了訕訕的笑容，心裡忐忑，小心翼翼地為自己辯解：「昨夜是在長公主殿下的寢宮睡下的，不是很慣，所以今日才會睏倦……」

謝危眉梢微動：「在長公主那邊？」

姜雪寧異常誠懇地點了點頭，還一抬手臂，那寬大而精緻的宮裝袖袍就垂展開來，道：「真的，您看，連衣裳都是長公主給我找的。」

少女看他的目光還是有些露怯，好像也知道自己是犯下了大錯，倒是沒有什麼狡辯不認的意思，雖然也為自己找了理由……

謝危看著她這身宮裝，蹙著的眉沒鬆。

但開口時聲音已比先前平緩了許多：「沒睡好便回去補個覺吧，正好今日我也有事。」

姜雪寧一喜，沒想到謝危竟這樣好說話了，便想對他一通恭維：「謝先生真是通情達理……」

豈料她話音未落，謝危已淡淡補道：「今日缺的課明日再補。」

姜雪寧：「……」

她早該知道！姓謝的就該是這樣不饒人！她高興得太早了！

謝危親眼看見少女唇邊勾起的笑意凝滯，臉上剛出現的明媚也瞬間沉了下去，原本心裡堆積的一片陰雲，也不知為什麼散開了些許，道：「今日我講的指法妳明日一定要會，若不會……」

姜雪寧立刻點頭如搗蒜：「會會會一定會！」

謝危忍了笑，平平地「嗯」了一聲，逕自先走出偏殿，與那先前來通傳的太監一道向乾清宮去了。

見著他走遠，姜雪寧這才緩緩鬆了口氣：「嚇死我了！」

此時此刻的姜府，也有人受了驚嚇。

今日下午，孟氏要帶姜雪蕙去寒山寺祈福。

臨出發前坐在屋裡喝茶說話。

孟氏想起姜伯游言語間對姜雪寧的維護，輕輕嘆了口氣，道：「原本我們府裡伴讀的名字報上去是妳，可不知怎的竟讓寧姐兒進去了。她跟著婉娘，學得一副不容人的性子，以後只怕越發不會讓妳好過。如今勇毅侯府遭難，臨淄王殿下選妃在即，我只盼著妳今日能去求個好簽，有點好運氣。」

姜雪蕙坐在她下首，卻不說話。

目光下垂，只落在自己腿上那方繡帕之上，至今也有些參不透姜雪寧當日那話的意思。

這時外頭管家忽然忙慌慌進來通傳：「夫人，宮裡面的公公來了！」

孟氏和姜雪蕙幾乎同時站了起來。

孟氏臉色都白了，聲音也跟著發抖：「是朝上的事兒？是老爺出了事？還是寧姐兒又在宮裡闖禍了？」

這管家哪裡知道啊？

只是姜府裡都知道自家二姑娘前些日在宮裡面有過一次非常驚險的遭遇，近來朝上又不安平，如今宮裡面竟然來了人，不免都往壞事上想。

可沒想到，進來的那位公公竟是滿面笑意，躬身便道：「夫人有禮了，大姑娘有禮了，咱家奉樂陽長公主殿下之命出宮來，特宣姜大姑娘入宮伴讀，還請大姑娘略作收拾便隨咱家入宮，長公主殿下等得可急。」

來的是伺候在沈芷衣身邊的黃仁禮。

不過孟氏同姜雪蕙都不識得，聞得此言一時驚疑不定。

孟氏有些不敢相信：「好端端的，長公主殿下怎會宣我們大姑娘入宮？」

她說到這裡甚至有些恐懼。

只道：「難道是我們府裡二姑娘闖禍了？」

黃仁禮才從宮裡出來，對昨夜姜雪寧被長公主殿下留宿的事情可是一清二楚，聽得孟氏此言有些詫異地揚了揚眉，面上的笑容便淡了幾分，道：「夫人不必多慮，我們殿下對姜二姑娘是喜愛有加，昨夜還留二姑娘宿在宮中呢。不過是早上二姑娘用餅餌的時候，說想起了大姑娘做的餅餌，我們殿下便記在了心上，猜她是想念親人了，是以才派咱家來接大姑娘入宮，也陪殿下伴讀，如此日日見著，也就不想著出宮了。」

「……」

孟氏一噎頓時沒了聲音。

樂陽長公主讓姜雪蕙入宮，但既不是因為她喜歡姜雪蕙，也不是因為姜雪蕙才華如何出眾，不過是因為姜雪寧今早用酥餅的時候隨便多說了一句話！

姜雪蕙就更是驚訝了。

她自己心裡清楚姜雪寧自打回京後對她有多厭惡，連個好臉色都不願意給，如今竟然對樂陽長公主說想起她做的酥餅……

姜雪蕙的確會做酥餅。

可天知道她曾端給過姜雪寧，但姜雪寧當著她的面便把她做的點心都倒在了地上！然後不大好意思地笑著同她說：「對不住，一沒留神灑了，浪費了妳一番心意。」

但她反應也是極快的。

孟氏的猶豫已讓黃仁禮輕輕皺起了眉。

姜雪蕙便連忙一躬身，道：「承蒙長公主殿下抬愛，雪蕙謝過長公主殿下恩典，這便收拾，隨公公前去。」

黃仁禮心道這姑娘倒還算個機靈的，便點了點頭，臉色稍霽。

❀

好不容易從謝危手底下逃過一劫的姜雪寧，從奉宸殿偏殿回了仰止齋，連午膳都沒用，就直接一股腦兒紮進了自己的床，閉上眼睛蒙頭大睡。

一直到下午有宮人來喊她，她才醒來。

原來是樂陽長公主這陣子玩心大起，叫了自己宮裡的宮人們一起玩投壺，乾脆又來仰止齋這邊叫上伴讀們一起。

大家入宮一來是陪沈芷衣讀書，二來便是當她的好玩伴。

沈芷衣有請，誰敢不去？

姜雪寧睡得也算剛剛好，便趕緊起身來洗漱，同眾人一道去了鳴鳳宮。

沈芷衣帶著人玩得正瘋，宮裡面的宮人難得看她高興，正陪著她玩。

姜雪寧一踏入殿中嘴角便抽了抽。

也不知沈芷衣哪裡學來的花樣，有些宮人的臉上貼了長長的紙條，甚至拿墨筆畫花了臉，有些喪氣模樣，顯然都是輸了受到了「懲罰」。

伴讀們一來，立刻被她拉著一起玩。

中間自然有人巴不得趁此機會討好沈芷衣，是以十分積極。

姜雪寧卻不然。

她午時沒吃，正有些餓，眼看著殿中還擺著些蜜餞糕點，便沒上趕著，反而划水蒙混，眾人在前面玩鬧，她便坐在後面先吃東西。

沈芷衣當然一眼就看見了她，但見她坐在那邊吃東西，便體貼地沒有叫她。

眾人先玩了一輪投壺。

沈芷衣手裡拿著箭往往一投就中，算是箇中好手，常常贏得眾人喝采，姜雪寧便遠遠跟著喝采。

但偏有人不大看得慣她如此清閒，招呼她道：「姜二姑娘不來玩嗎？聽說妳以前常常混跡在坊市，投壺這些遊戲，一定最是擅長吧，不來向我們露一手？」

姜雪寧抬頭一看，是陳淑儀。

這位大家小姐嘴角掛著淡淡的笑，雙目有深意地望著她，神情是怎麼看怎麼嘲諷。

姜雪寧手裡剛咬了一小口的蜜餞，輕輕放下了，開口便要說話。

沒想到沈芷衣眉頭一皺，竟直接向陳淑儀道：「沒看到寧寧正在吃東西嗎，她吃完了自會來玩，妳多嘴什麼？」

這話說得也太不客氣了！

所有人都驚呆了！

陳淑儀自己也完全沒想到，嘴巴都微微張大，一時竟有些不知所措。

要知道，陳淑儀怎麼說也是陳大學士的掌上明珠，身分也算尊貴，常日與蕭姝玩在一起的，宮裡面誰不賣她個面子？

便是沈芷衣以前對她都和顏悅色。

如今不過是問了姜雪寧一句，竟直接引得她發作？

陳淑儀臉上有些掛不住，紅一陣白一陣，訥訥開口想為自己辯解：「殿下，我沒有……」

沈芷衣一張臉上沒了表情，冷冷的：「沒這意思就把嘴閉上。」

殿內瞬間都安靜了。

姜雪寧也怔怔望著沈芷衣。

明眼人都看的出來，樂陽長公主心情似乎並不是很好，且言語之間完全是在維護姜雪寧，連陳淑儀這樣的大家閨秀都不想給半點面子。

姜雪寧到底什麼本領把人迷成這樣？

尤月在休沐期間同姜雪寧結了大仇，對她恨之入骨，卻已經不敢出言說什麼，更不敢有什麼舉動，唯恐落入姜雪寧的陷阱之中，是以此刻只能用眼神來表達自己對姜雪寧的鄙夷與憤慨。

然後……

她都還沒來得及想好等一會兒姜雪寧轉過目光來，要對姜雪寧做出個什麼樣的神情才能激起對方的不爽與怒氣，這眼神就已經被沈芷衣看見了。

沈芷衣盯著她片刻，揚了眉：「妳用這種眼神看寧寧是什麼意思？」

尤月：？？？？？

她整個人都懵了。

說不敢，做不行，都罷了，如今連眼神都不能用了嗎？

尤月嚇得直接把目光收回來，顫顫道：「我，我……」

沈芷衣根本不聽：「再用這種眼神看寧寧我叫人把妳眼珠子挖出來！」

尤月打了個哆嗦，額頭上冷汗冒出，臉色更是瞬間煞白，就差跪到地上去認錯了，這會兒連頭都不敢抬一下，只連聲道：「是，是。」

先是陳淑儀沒做什麼立刻被訓，後是尤月一個眼神遭受駭人威脅，其他伴讀都感覺出氣氛不對來。

大多數人不敢說話。

姚惜卻是看了陳淑儀一眼，也看了尤月一眼，輕輕開口想勸一句：「淑儀姐姐該沒有惡意，尤二姑娘也不過只是看上一眼罷了，長公主殿下許是誤解了吧？」

「誤解？」

沈芷衣今日本就不是真的自己想玩投壺才叫她們來的，早上姜雪寧那句「這裡的日子過得不痛快」，她還沒忘。往日不仔細，如今暗地裡留心觀察，便看出了許多的端倪。

她冷笑了一聲。

手裡還提著剛才給輸了的宮人畫花臉的筆，慢悠悠地踱步到了姚惜面前，上下將她一打量，道：「姚小姐倒是悲天憫人呢，要不我稟明了皇兄，乾脆送妳去白雲庵做個姑子，也好叫妳這副慈悲心腸有些用武之地？」

姚惜可沒展露出什麼對姜雪寧的惡意，不過是站出來為陳淑儀和尤月說了句話而已！

居然就威脅要送去做尼姑！

哪個姑娘家敢面對這樣的事情？

眾人都倒吸了一口涼氣。

姚惜更是沒想到自己說句公道話也會被懟，心內一時又恨又怕，垂在身側的手指悄然握緊，處境難堪到極點，卻是連話都不敢說一句了。

姜雪寧那蜜餞還在口中，帶著些酸的甜。

這會兒卻是驚得咽不下去。

她的目光在眾人之間逡巡，又落回了沈芷衣的身上，完全不知道這位尊貴的公主殿下是在發什麼瘋，怎麼見人就懟。

雖然她覺得……

爽爆了！

沈芷衣轉眸間觸到了她略帶幾分崇拜的目光，面上頓時飛過一片紅霞，只覺腳底下飄著白雲，整個人都要飛起來，於是假作不經意地避開了這目光。

轉頭來對著其他人卻是一臉冰冷。

竟是大聲道：「往日我是說過的，誰要敢開罪寧寧，別怪我不客氣。沒料想總有人當耳旁風。別以為今日找妳們來是要找妳們玩樂，叫妳們來，就是想警告妳們——但凡是本公主能管的事，誰要讓寧寧不痛快，我便讓她十倍百倍更加地不痛快！」

投壺用的箭還放在桌上。

宮人們的臉上還粘著紙條，畫著墨痕。

但方才的玩鬧和歡笑已一掃而空。

眾位伴讀到這會兒總算是明白了，原來今日叫她們是立威來的！

為了姜雪寧一個人！

一時心裡都是各懷想法，可在聽過沈芷衣先前懟人的那些話後，卻沒一個人再敢張口反駁，或者為誰說話，無一例外全都戰戰兢兢。

蕭姝倒還算鎮定。

只是她悄然收回看向姜雪寧的目光，垂下頭時，也不免增了幾分忌憚與不悅。因為，沈芷衣的警告，無疑也是將她包括在內了。

不過她身分畢竟不同。

有蕭太后在，倒也不很顧忌沈芷衣的話，且也不至同其他幾個人一般蠢。

「啟稟殿下，人接來了。」

正在這時，黃仁禮臉上掛了喜慶的笑容，手持拂塵進了殿中，躬身便給沈芷衣行禮，這般稟道。

眾人不由看向他。

這一時卻很疑惑：人接來了，誰？

沈芷衣面上神情頓時一鬆，彷彿也跟著高興起來，竟然走到了姜雪寧的身邊，向黃仁禮道：「叫人進來，給寧寧一個驚喜！」

黃仁禮於是一揮手。

外面等候的姜雪蕙於是整肅心神，躬身從殿外步入，目不斜視，也不敢多看，捏著繡帕的手交疊在身前，直直向著前方躬身行禮：「臣女姜雪蕙，見過長公主殿下，長公主殿下金安！」

竟然是姜雪寧的姐姐，姜家的大小姐姜雪蕙！

眾人頓時都驚訝極了。

沈芷衣卻是擺手道：「平身吧，從今天開始妳便也是本公主的伴讀之一。妳是寧寧的姐姐，有妳陪著寧寧，也能叫她開心些。」

此言一出所有人都瞪圓了眼睛：一個姜家出了兩個伴讀？而且聽長公主這話的意思，是專門叫這麼個人來陪姜雪寧的啊！

一時什麼表情都有。

不同於十四快十五歲才回京的姜雪寧，姜雪蕙乃是正經在京中高門大戶受教的姑娘，言行舉止淑雅大氣，很是端正沉穩，眉目清淡婉約，同姜雪寧給人的那種明豔至攝人的感覺完全不同。

然而並沒有人能為此高興。

姜雪蕙謝過了樂陽長公主恩典，這才起了身。

她那繡帕原本就在指間，隨著起身的動作，便也輕輕垂落展開，晃動間便露出了那雪白的一角上繡著的紅薑花。

蕭姝初時看見人只是皺眉。

可當這繡帕連著這一朵紅薑花落入她眼底時，她原本平靜不起波瀾，儼然不將自己放在眾人之中的那種超然，忽地崩碎，面色已隱隱驟變！

沈芷衣拉著姜雪寧的手，邀功似的笑起來：「怎麼樣，寧寧，現在可痛快了吧？」

姜雪寧的目光向蕭姝輕輕一飄，目光竟與她對了正著，見著她神情，便忽然意識到，如今這年紀的蕭姝也不過如此。

妳敢做手腳害我，我便敢把妳真真忌憚的人放到妳眼皮底下！

叫妳寢食難安，坐臥不寧！

她這位姐姐可未必是省油的燈，且叫妳看好！

唇邊綻開了良善一笑，姜雪寧再回看向沈芷衣時，已是真心實意地眉開眼笑，甜甜地道：「勞殿下費神，這下痛快了！」

第八十二章　寧二

姜雪寧痛快了，但有的是人不痛快。

到現在，誰還看不出樂陽長公主做這一切是為了姜雪寧？

姜雪蕙入宮固然頗為引人注目，可聰明人都能意識到站在這件事背後的姜雪寧。在她說出「痛快」二字的時候，殿內不知多少人暗暗黑了臉，便是原來有再好的玩樂心情，這一瞬間也被破壞殆盡。

接下來沈芷衣還邀了姜雪蕙來一起玩。眾人之中有幾人明顯是強顏歡笑作陪，蕭姝更是從姜雪蕙拿著那方錦帕出現開始，就再也沒有說過一句話。

入夜的仰止齋，各處宮燈點亮。

從鳴鳳宮中回來，終於到得自己的房間，這位蕭氏一族的大小姐、後宮太后娘娘的親侄女，在沒了旁人關注的情況下，終於放任一切其他的表情在自己臉上消無，唯餘下那種近乎於冷寂森然的平靜。

末了抬手輕輕壓住額頭。

蕭姝慢慢閉上了眼，手指的弧度卻一根根緊繃，再睜眼時竟是直接將桌上的茶盞掃落在地！

旁邊伺候的宮人嚇了一跳，瞪大了眼睛看著她。

蕭姝的胸口微微起伏著，卻沒有看旁人。

她腦海裡浮現出的只是當初偶遇臨淄王沈玠時，看見的那一方從他袖中掉落的繡帕，還有今日在姜雪蕙身上看見的那一方……

旁人或恐已經忘了。

可她卻還記得一清二楚。

不是姜雪寧，那個人竟然不是姜雪寧！

可誰能想得到呢？

在宮內這段時間，沈玠也對姜雪寧處處關注，言語中多有照拂之意，勇毅侯府出事，燕臨更是直接撇清了姜雪寧的關係。

種種蛛絲馬跡都指向她。

所以上次自己才會……

放在桌上的手指一點一點握緊了，蕭姝只感覺出了一種陰差陽錯的嘲諷：不僅沒有除掉真正的威脅，反而還露了痕跡，為自己樹了一個真正的強敵……

姜雪寧終究還是敏銳的。

同一時間，姜雪寧的房間裡，氣氛就頗為微妙了。

這裡經由樂陽長公主一番折騰後，各類擺件早已是應有盡有，香軟精緻，牆上隨意懸著的一幅字畫都是前朝名士的真跡。

姜雪蕙是博學之人，一眼就能分辨。

宮人們自然已經布置好了她的房間，不過和其他伴讀沒有區別。可等應邀到姜雪寧屋子裡來看時，便輕而易舉發現了二者之間那巨大的差距，鴻溝天塹，於是對自己這妹妹在宮內的受寵程度，有了十分直觀清晰的瞭解。

姜雪寧已經換下了那一身繁複的宮裝，只著簡單的天青纏枝蓮紋百褶裙，連先前費心綰成的髮髻都打散了，烏黑的長髮披散在腦後，有幾縷被她用纖長的手指輕輕纏著，打成了卷兒。

她只用著點似笑非笑的目光看姜雪蕙。

姜雪蕙坐在她的對面，倒是平靜如水，道：「妳讓我入宮來，到底是想幹什麼？」

姜雪寧面前擺著一張琴，卻不是蕉庵，只是一張再普通不過的琴。

她伸出手指來輕輕撥弄了一下。

聽見那顫動的音韻時，才好整以暇地道：「都到這宮裡來了，也帶了那一方繡帕，大姐姐要說自己半點都不知道我為什麼讓妳入宮，可也太虛假了些吧？」

姜雪蕙於是低頭看那方繡帕，便輕嘆了一聲：「妳對我有多恨，我們關係又如何，妳我再清楚不過。要說妳是想來幫我，我斷斷不信。」

她的眉眼其實有那麼一點點像婉娘。

姜雪寧看著，撥弄著那琴弦的手指停了一停，想起來的卻是自己上一世因嫉恨眼前這人做出的事情：在無意中得知臨淄王沈玠暗中屬意於那繡帕的主人後，她便想方設法地阻撓了姜雪蕙參與選妃，自己卻拿了這一方繡帕，再一次與沈玠「偶遇」。於是她搶了姜雪蕙的姻緣，當了臨淄王妃，更成了皇后，徹徹底底將自己恨的這個「姐姐」踩在了腳底下。

但最終快樂得意嗎？

好像沒有很快樂，也沒有很得意。

姜雪蕙照樣過得很好。

有時候，姜雪寧甚至在想：她搶了姜雪蕙的姻緣，姜雪蕙到底知道不知道？

從頭到尾她都沒能向她炫耀。

因為她選上臨淄王妃後不久，姜雪蕙便遠嫁離開了京城，她也就沒有了告訴這位姐姐實情、向她炫耀、引她仇恨的機會。

「妳知道我不會幫妳就好，這宮裡面步步兇險，有些人誤會了一些事，把本該施展到妳身上的手段，用到了我的身上，可不差點沒了小命？」姜雪寧嘲弄地一勾唇，回想起今日看見蕭姝那驟變的臉色，真覺得爽快。「有人今日看見妳帶著那方繡帕來，臉色都變了呢。想來姐姐日後在宮中的日子該不會很如意。我麼，自然是袖手旁觀，坐山觀虎鬥了。」

換了旁人，未必能猜到那回到底是誰陷害。

畢竟一切都沒什麼端倪。

可蕭姝倒楣就倒楣在遇到的人不僅是姜雪寧，更是重生的姜雪寧。如今還沒有什麼人知道蕭姝對未來皇后之位的覬覦，可姜雪寧上一世同她鬥得妳死我活，卻是一開始就知道那張看似高高在上的面孔下，也隱藏著勃勃的野心和熊熊的欲望。

蛛絲馬跡一串，想不懷疑到她身上都難！

姜雪蕙聞她此言卻是立刻想起了前些日的聽聞：寧姐兒在宮中被構陷與天教亂黨謀反之言有關，險些就沒了性命！

心底頓時凜然。

直到這時，她才隱約明白起來：那件事，竟然與自己有關！

姜雪寧自然可以告訴她前因後果，好讓她對蕭姝有所警惕，可畢竟她對姜雪蕙無法不介懷，且這位姐姐也的確不傻，她沒必要說，也懶得去說。

是以岔開了話題。

她一面擺弄著自己的指法，想著明日去謝危那邊學琴可千萬不能出差錯，嘴上卻是漫不經心道：「妳知道自己丟了的那方繡帕，落在誰手裡嗎？」
姜雪蕙定定地注視著她，最終還是垂了眸，慢慢道：「大約知道。」
「錚——」
姜雪寧手指輕輕一顫，連帶著那琴音都跟著顫顫。
她霍然抬手回望著姜雪蕙，目光卻陡然鋒銳，像是要在這一刻將她看穿！
知道！
姜雪蕙竟說自己「大約知道」！
如果她這時候已經知道了，那上一世她拿著她的繡帕去與沈玠「偶遇」，並且搶走了她的姻緣，姜雪蕙該也是知情的！
可她從未發作……
姜雪寧甚至以為，她從頭到尾不知情！
「怎麼了？」
姜雪蕙本以為這位向來仇視自己的二妹妹，做出今日一番事來，應該已經對事情的全貌有所瞭解。可為什麼，她如實回答之後，寧姐兒卻反而露出這般神情？
她不很明白。
「……」
姜雪寧卻是久久沒有言語。

垂眸望著自己面前這張琴，只覺得沒了一切練琴的心情，便直接伸手把琴一推，冷淡道：「我累了，該說的也都說得差不多了，妳請回吧。」

她素來是這般喜怒無常性情，能這般坐下來耐心同她說上一會兒話已是難得，此刻便是下了逐客令，也不令人驚訝。

姜雪蕙雖覺得她有話沒說，可自己也不好多問。

於是起身來，也叫她早些睡下休息，推了門走出去。

這一天晚上，姜雪寧再一次沒能入睡。

❀

第二天一早到奉宸殿上課，宮人們在第二排多加了一個位置，讓姜雪蕙坐下，原本的八位伴讀便正式成了九位。

來授課的先生們自然都驚訝萬分。

因為姜雪蕙是中途加進來的，往日他們教授的課業都沒學過，先生們不免都有幾分擔心。眾人中有不大看得慣姜雪蕙，或者將對姜雪寧的仇恨轉移到她身上的，雖都聽聞說姜家大姑娘不同於不學無術的二姑娘，是位真正的大家閨秀，可宮裡先生教的東西畢竟不一樣，姜雪蕙也不可能樣樣都知道，是以都等著看好戲，想見她當眾出醜。

可接下來發生的事情卻像是巴掌一張扇在她們臉上——

姜雪蕙不僅會，而且什麼都會！

姜府門楣雖然算不上高，但孟氏卻是實打實把姜雪蕙當成高門閨秀來養的，詩詞歌賦，禮儀進退，竟是無一不精！

只是她平素為人不喜張揚，甚少在人前展露，是以少有人知。

如今卻因在宮中不得不應答先生們的提問，且因不瞭解宮廷的情況，不敢有半分的馬虎敷衍，拿出了十分的認真，輕而易舉便贏得了先生們的驚嘆。

現在的先生們和姜雪寧剛入宮進學時遇到的那些可不一樣了，經過了趙彥宏的事情，眾人大約也都知道謝危是個什麼樣的人了，明面上不再敢多偏袒蕭姝。

姜雪蕙又是姜雪寧的姐姐。

在這宮裡誰不知道姜雪寧受長公主殿下的照拂？他們倒是有心想要奉承兩句，可姜雪寧的學業太差，便是他們臉皮再厚也有點誇不出口。

這下好，來了個姜雪蕙！

剛剛合適！

一來她是姜雪寧的姐姐，也是被長公主破格選入宮中；二來禮儀周到，溫婉賢淑，不會給先生難堪，一點也不像是姜雪寧那個刺兒頭；三來學識過人，熟讀詩書，實在很是難得。

先生們當然不再吝惜誇獎，對姜雪蕙大加讚譽。

不過短短兩三日過去，剛入宮不久的姜雪蕙，就已經成為了奉宸殿裡頗受先生們偏愛、讚賞的香餑餑。

原本奉宸殿裡是蕭姝一枝獨秀。

如今半路上殺出個程咬金，竟是漸漸有些壓住了蕭姝的光芒，雙月爭輝，一時瑜亮，實在叫人嘖嘖稱奇。

蕭姝是不是高興，旁人很難看出來。

但姜雪寧素知她秉性。

往日能超然物外，目下無塵，不過是因為沒有誰能對她形成威脅罷了。可一旦要感受到威脅，原本高高在上的那副淡然，自然會因為處境的變化而岌岌可危。

所以，只要一想蕭姝如今的心情，姜雪寧便覺得心裡暢快得不得了——

沒辦法。

上輩子鬥了那麼久，她這一世偏偏又因那繡帕的誤會而對自己下手，自己當然不能對她太客氣！

更有意思的是，姜雪蕙出身不如蕭姝，雖然在奉宸殿裡很受先生的喜歡，素日裡卻無半點驕矜，行止皆平易近人，與總端著點的蕭姝完全不同，很得人喜歡。

連陳淑儀都願意同她說話。

且京中向來有傳聞，說姜家兩姐妹關係一向不好，姜雪寧在府中霸道跋扈，總是欺負這位性格軟和的姐姐。因此同姜雪寧關係不大好的那幾個，反而有意無意地接近姜雪蕙，想要與她結交。

尤月更是覺得又來了一大助力，這一日走在路上便湊到姜雪蕙的身邊，笑著對她道：「往日在各種宴席上見到姜大姑娘，從來都知道大姑娘是有本事的，沒想到竟這般了得。比起那不學無術的姜二姑娘來，可真是好了不知多少，一個天上一個地下！」

姜雪蕙看她一眼，沒說話。

陳淑儀也在旁邊淡淡道：「明明妳才是家中嫡長女，學識才華做人又都比妳那妹妹高出不知多少，可在府中竟然忍氣吞聲受她欺負，可也真是一樁奇談了。要我是妳，遇到這種敗壞門風，不學無術的，逮著機會便要好好治她不可！否則，一府的名聲都被她壞乾淨了！」

這些日來眾人在姜雪蕙面前也不只一次說過姜雪寧了，姜雪蕙總是聽著，也不反駁，眾人便默認她們姐妹二人之間的不和是真的，是以背後編排的言語也漸漸放肆起來。

大家都覺得姜雪蕙當與她們同仇敵愾。

可誰料想，陳淑儀此言一出，姜雪蕙清秀的眉竟顰蹙起來，腳步一停看向她，有些冷淡地道：「我二妹妹雖然的確不學無術，卻也沒到敗壞門風，丟盡府裡名聲的地步。淑儀小姐此言卻是有些偏頗不公了。我姜府雖然比不上一些高門大戶，可家中管教也嚴，妹妹若有什麼過錯，自有家父與家母操心，何用淑儀小姐多言？」

眾人全愣住了。

姜雪蕙竟然會為姜雪寧說話！

說好的這兩姐妹關係一向不好呢？

陳淑儀更是面色微變，瞳孔微縮，看向了姜雪蕙。

姜雪蕙卻是不卑不亢地回視她。

尤月都忍不住倒吸了一口涼氣，這時才與眾人一起回想起來：人家內裡關係再不好，也都是姓姜，一府裡出來的姐妹！所謂「妹妹」，便是回了家裡我自己罵上一萬句，也不容許旁人隨意詆毀的！更何況頂著家族的名聲，顧著家族的榮辱，往日隱晦地說上幾句也就罷了，要指名道姓說人敗壞門風，姜雪蕙怎可能不發作？

這一下誰也接不上話了。

氣氛有些尷尬。

正好這時候前面姜雪寧手裡拿了一卷書，拉開自己的房門，從裡面走了出來，遠遠一抬眼就看見了仰止齋外頭的她們，便更不好說話。

還是站在眾人之中的周寶櫻有些好奇地看了看姜雪寧，軟軟糯糯地問道：「我們正和姜大姐姐說起妳呢，姜二姐姐妳又要去學琴了嗎？」

姜雪寧一看見這幫人聚在一起，就知道她們沒什麼好話。

周寶櫻說眾人正說起她的時候，有人臉色都變了。

她心底於是一哂，只道：「我去看看謝先生在不在。」

謝危上回同她說，叫她次日去偏殿練習指法，可第二日她到了，謝危卻沒到。

宮人說前朝事忙，暫時脫不開身。

連著好些日，他都沒有再現身奉宸殿，一堂課都沒有上。按理說姜雪寧自可不去偏殿學琴，可她也不知謝危什麼時候忙完，宮人們更不清楚，便只好每日去一趟偏殿，等上一刻。

謝危若不來，她再走。

今日也是一樣。

此時此刻，沒有沈芷衣在。

尤月雖已經徹底怵了姜雪寧，當著她的面絕對不敢說話，可旁邊還有陳淑儀在。

聽見姜雪寧說學琴的事兒，她便輕笑了一聲，竟瞥了方才頗不給她面子的姜雪蕙一眼，意味深長道：「素來聽聞謝先生與姜大人有舊交，姜二姑娘學琴這般堪憂，也肯費心教導。如今姜大姑娘也來了宮中，琴棋書畫都是樣樣精通。只可惜先生近來忙碌，不曾來授課，不然見了姜大姑娘這般的美玉，必定十分高興。畢竟是對著朽木太久了，也真是心疼謝先生呢……」

話裡隱隱有點挑撥的意思。

可姜雪蕙沒接話。

連姜雪寧都沒半點生氣的意思，仍舊笑咪咪的，只向陳淑儀道：「淑儀姑娘今日說的話，雪寧記下了，等明日見了長公主殿下一定告訴她。」

「妳！」

陳淑儀完全沒想到她竟說出這樣一番話來，當面用打小報告作為威脅！一口氣哽上來，面上登時難看至極。

想起那日被樂陽長公主訓斥的場面，身子更是微微顫抖起來——氣得！

姜雪寧卻是看都懶得再多看她一眼，冷冷地嗤了一聲，便拿著手裡那卷書，徑直從她身旁走過，壓根兒沒將這烏泱泱一幫人放在眼底，脊背挺直，大步往奉宸殿去了。

殿門口只有個小太監守著。

姜雪寧走上臺階便問：「謝先生今日來麼？」

小太監搖了搖頭，為她推開了門，回道：「沒來消息。不過聽說謝先生在前朝忙碌，兩夜沒合眼，昨夜回了府，今日說不準會來。」

姜雪寧於是點了點頭，進了殿中。

峨眉高掛在牆上，蕉庵則平放在琴桌。

她進了殿后，往琴桌前一坐。

手中書卷放下，是本醫書。

那日街上偶遇張遮，瞧見他提著藥，她才忽然想起，張遮的母親身體不好，患有頭風。正好這幾日謝危都在忙，她練著琴之餘也有閒暇，便託沈芷衣往太醫院借了本醫書來看。早年她在鄉野間長大，也曾跟著行腳大夫玩鬧，倒是粗通些醫理，醫書寫得不算艱深，她慢慢看著倒是能看得懂。

只是今日，醫書放下，姜雪寧卻只怔怔看著。

明明讓姜雪蕙入宮，是在被蕭姝構陷那一日便已經想好的，她這位姐姐素來優秀，別說有那一方繡帕在，便是沒有，也能讓蕭姝知道，人外有人，天外有天，世間並不只她一枝獨秀，脫穎群芳。

可真看著姜雪蕙入了宮，她又沒有自己想的那般平靜。

是因為她竟很早就知道那方繡帕是被沈玠拾走？

還是因為，姜雪蕙的確有旁人說的那樣好呢？

她在鄉野間長大，姜雪蕙在京城長大；她玩的是踩水叉魚，姜雪蕙學的是琴棋書畫；她頑劣不堪不知進退，姜雪蕙卻賢淑端慧進退有度。

……

上一世她便是為此不平，嫉妒，甚至憎惡。

而這一世，要坦然地接受自己的確沒有別人優秀，也並不是一件輕而易舉的事。

一個是姜大姑娘，一個是姜二姑娘。

似乎天生就該一較高下。

不僅旁人拿她們做比較，連她都忍不住會下意識地比上一比……

醫書就端端放在面前，姜雪寧只看著封皮上的字發呆，一時出了神。

連外頭有人進來，她都沒察覺。

謝危今日又換上那一身出塵的蒼青道袍，一根青玉簪束髮甚是簡單，本不過是來奉宸殿偏殿走一趟，可到得門口時竟聽小太監說姜二姑娘在，便有些意外。

他推門進去。

姜雪寧還坐在琴桌前一動不動。

謝危手裡拿著一封批過紅的奏摺，腳步從絨毯上踩過時沒什麼聲音，站在她身後，視線越過她肩膀往前，一眼便看見了擱在她面前的那本醫書。

「……」

一時靜默。

舊年口中那股腥甜的鮮血味道混著藥草的苦澀一併上湧，謝危不由想：這當年差點治死他的小庸醫，不入流的行腳大夫，又在琢磨什麼害人的方子？

這模樣是出了神啊。

他走過去，舉起那奏摺來，便在她腦袋上輕輕一敲，只道：「醒神！」

姜雪寧被敲了下，嚇一跳，差點從座中蹦起來。

她抬頭一看，謝危唇邊含著抹笑，從她身旁走了過去，神情間有一抹不易察覺的疲憊，臉色看著似乎比上一回見時蒼白了些。

謝危把那封奏摺往書案上一扔，走到牆邊抬手便將峨眉抱了下來，擱在自己那張琴桌上，取下琴囊，五指輕輕一撥試了試音，頭也不抬，便道：「聽聞寧二姑娘這幾日都來，該是將謝某的話都聽進去了，指法都會了吧？」

寧二……

在聽見這兩個字時，姜雪寧便怔住了，以至於連他後面的話都根本沒聽進去。

她往日為何從不覺得，這樣怪異的稱呼，這樣有些不合適的兩個字，聽來竟如此順耳，如此熨帖？

姜雪寧，姜雪蕙。

姜，是一族的姓氏；

雪，不過排序的字輩；

唯有一個「寧」字，屬於她自己，也將她與旁人區分。

上一世，在回京路上認識謝危時，謝危與旁人一般喚她「姜二姑娘」；可沒過幾日，身陷險境後，謝危好像就換了對她的稱呼，不叫「姜二」，反叫「寧二」。

這一世也沒變。

可她從來不明白為什麼，也不知道謝危這人腦子是有什麼毛病。但上一世她不願與謝危有什麼接觸，這一世初時又過於懼怕，後來則是習慣了，竟從來沒有問過，也很少去想，他為何這般稱呼她。

心底一下有些波瀾泛起，蕩開的卻是一片酸楚。

人人都喚她「姜二姑娘」，往日不覺得，有了姜雪蕙時，便是怎麼聽，怎麼刺耳。

姜雪寧眼底有些潮熱。

她向來知道謝危洞悉人心，無人能出其之右，往日也有過領教。可卻並不知道，這人原來那麼早、那麼早便將她看透，不叫「姜二」，反喚「寧二」，難怪朝野之中人人稱道。只是她上一世實在愚鈍，竟沒明白……

明明此人上一世對她疾言厲色，曾傷她顏面，叫她難堪，這一世她也對他心懷畏懼，又因學琴對他沒好印象，深覺他面目可憎。

可為這兩字，她竟覺謝危好像也沒那麼過分了。

姜雪寧坐在琴桌前，看著他，忘了回答。

謝危話說出去，半天沒聽見回，眉尖一蹙，便抬眸去看，卻見那少女一雙黑白分明的眼直直望著自己，眼圈有些發紅，眼睫一顫，眼眶裡的淚珠便往下滾。

好端端怎麼又哭起來！

他動作一頓，抬手一掐自己眉心，深覺頭疼，無奈嘆了口氣：「誰又招妳了？」

第八十三章　桃片糕與香囊

今日她是學琴來的，既不是來吵架的，也不是來賣委屈的，何況謝危沒招她沒惹她，不過是一時由「寧二」這稱呼想到更多，以致觸動情腸，忽然沒控制住罷了。

在人前落淚終究丟臉。

姜雪寧忙舉起袖子來，在臉上胡亂地抹了一通，擦得臉紅妝染，跟只花貓似的，只道：「沙子進了眼，沒事。」

「……」

謝危忽地無言。

姜雪寧卻打起精神來，一副沒事兒的模樣，順手便把那本醫書放到一旁去了，問他：「先生今日要考校指法嗎，還彈《彩雲追月》？」

謝危看著她，「嗯」了一聲，道：「會了？」

姜雪寧也不說話，只將琴桌上這張琴擺正了。

她這幾日來並未懈怠。

往日不彈琴是因為謝危說她心不靜，不讓她碰，但她其實向來知道，在謝危手底下學東西，是不能蒙混過關的，更不該心存僥倖，只因這人對什麼事情都很較真。

此刻她便什麼也不想，徑直撫弦，彈了開指曲。

又是這樣的冬日午後。

因謝危今日來並無人提前告知，這偏殿之中的炭盆剛燒上還不大暖，窗扇開著一半，便顯出幾分寂寂的冷來。有風吹進來，帶著些寒意的天光被風裹著落在他蒼青道袍的袍角，謝危就立在那書案前，中間隔了一段距離，看姜雪寧撫琴。

心難靜是真的。

可靜下來確是可造之材。

少女眼角淚痕未乾，面上紅粉亂染，一雙瀲灩的眸子自然地低垂下來，濃長的眼睫將其輕蓋，是一種往日不曾為人見的認真。

五指纖長，最適弄弦。

宮商角徵羽，調調皆准，音音皆合，看指法聽銜接雖還有些生澀粗淺，可大面上的樣子是有了，也褪去了往日在奉宸殿中學琴時的笨拙。

流瀉的琴音從震顫的琴弦上蕩出。

偏殿內一時闃無人聲。

待得那琴音嫋嫋將盡時，謝危身形才動了動，緩緩點了頭：「這些日倒的確沒有荒廢，粗粗有個樣子了。來這偏殿終不是為了睡覺，算是可喜。」

這是在調侃她上回在他撫琴時睡著的事。

姜雪寧張口便道：「那是例外。」

可才為自己辯解完，話音方落，腹內饑餓之感便自然地湧了上來，化作「咕咕」地一聲輕鳴，若人多聲雜時倒也罷了，偏偏此時的殿中唯她與謝危二人，靜得連針掉下去的聲音都能聽見，這原本輕微的響聲如晴日雷鳴一樣明顯。

姜雪寧：「……」

謝危：「……」

四目相對，一者尷尬臉紅恨不能挖個坑往地裡鑽，一者卻是靜默打量顯然也未料到，甚至帶了一點好笑。

謝危抬了一根手指，輕輕壓住自己的薄唇，還是沒忍住笑，道：「的確是例外。怎麼著上回是覺不夠，這回是沒吃飽。知道的都說妳在宮中頗受長公主的喜愛寵信，不知道的見了妳這缺覺少食的模樣，怕還以為妳到宮裡受刑坐牢來了。」

姓謝的說話有時候也挺損。

姜雪寧暗暗咬了牙，看著他不說話。

謝危便問：「沒吃？」

姜雪寧悶悶地「嗯」了一聲：「上午看書忘了時辰，一沒留神睡過去了，便忘了吃。」

宮裡可不是家裡，御膳房不等人的。

謝危難得又想笑。

若按著他往日的脾性，是懶得搭理這樣的小事的。有俗話說得好，飽食易睏，為學之人最好是有三分饑餓感在身方能保持清醒，凝神用功。

也就是說，餓著正好。

不過寧二是來學琴，方才彈得也不錯，該是用了心的，且這樣年紀的小姑娘正長個兒，他便發了慈悲，把書案一角上那放著的食盒打開。

裡頭頂格放著一小碟桃片糕。

謝危將其端了出來，擱在茶桌邊上，然後一面將水壺放到爐上燒著，一面喚姜雪寧：「過來喝茶。」

自他打開那食盒，姜雪寧的目光便跟著他轉，幾乎落在那一小碟桃片糕上扯不開。腹內空空，心裡癢癢。

聽見他叫自己喝茶，她腦袋裡第一個冒出來的念頭是：不能去。謝危是先生，她是學生，要有尊卑。她聽過謝危當年大逆不道之言，知道謝危不為人知的祕密，謝危是有動過念頭要殺她滅口的。萬一茶裡有毒呢？

可那小碟桃片糕就擺在那兒。

姜雪寧終究還是不大受得住那一點隱祕的誘惑，起身挪了過去。

這可絕不是為了吃的。

謝危叫她過去喝茶，她怎能不從命？

姜雪寧道一聲「多謝先生」，坐在了茶桌前面，便看了謝危一眼，默默伸出隻爪子，從那小碟中拿起薄薄的一瓣桃片糕來，啃了一口。

「……」

糕點入口那刻，她動作忽地一頓。

面上原本帶著的一點隱約竊喜也有微微僵了。

謝危初時也沒在意，正拿了茶匙從茶罐裡撥茶出來，抬頭看了一眼，道：「怎麼了？」

姜雪寧反應過來，立刻搖了頭：「沒事。」

不過是跟想的不一樣罷了。

可停下來只要用腦子想想都知道，如今的謝危是什麼身分，眼下又是什麼地方，哪兒能指望吃到某種味道？最好還是不要洩露端倪，否則叫他看出來，想起當年那些事兒，天知道是不是一個動念又起殺心。

她趕緊埋頭，細嚼慢咽。

桃片糕那鬆軟的用料慢慢在口中化開，若忽略那過於甜膩的口感，倒也算得上是精緻，吃兩片墊墊肚子、充充饑倒是足夠。

在謝危面前，姜雪寧不敢嘴叼。

她吃了一片，又拿了一片。

謝危看她眉眼，卻是終於察覺到點什麼，問：「御膳房做的點心，不好吃麼？」

姜雪寧連忙搖頭。

謝危的目光從她身上落到那一碟桃片糕上。這偏殿裡特為他準備的點心，他甚少用過，此刻只拿起一片來咬上一小口，糕點到舌尖時，眉梢便輕輕挑了一下。

姜雪寧不知為何心慌極了。

她連頭都不敢抬起。

謝危慢慢將那片沒吃完的桃片糕放下了，靜靜地看了她許久，直到聽得旁邊水燒滾了，才移開目光，提了水起來澆過茶具，慢條斯理地開始沏茶。

這一回，姜雪寧知道了什麼叫「食不下咽」。

謝危別的話也不說，只在沏茶的間隙問她前些日學過的文，隨口考校了一下學問。待一壺茶過了四泡，便又叫她練琴去。

他自己卻不再做什麼，坐回了書案前，盯著那一封奏摺上的朱批，看了許久。

大半個時辰後，他對姜雪寧道：「態度雖是有了，底子卻還太薄。人常言勤能補拙，算不上全對，可也不能說錯。今日便到這裡，回去之後勿要鬆懈。從明日開始，一應文法也要考校，還是這時辰到偏殿來。」

姜雪寧終於鬆了口氣，起身答應。

然後才拜別了謝危，帶著幾分小心地趕緊從偏殿退了出去，溜得遠了。

謝危卻是在這偏殿中又坐了一會兒，才拿著那份奏摺出宮。

謝府與勇毅侯府僅是一牆之隔。

不同的是勇毅侯府在街正面，謝府在街背面，兩府一個朝東一個朝西，背靠著背。是以他的車駕回府時，要從勇毅侯府經過，輕而易舉就能看見外頭那圍攏的重兵，個個用冰冷的眼神打量著來往之人。

才下了車入府，上到遊廊，劍書便疾步向他走來，低聲道：「除了公儀先生外，也有我們的人說，今日一早看見定非公子從恒遠賭坊出來。但那地方魚龍混雜，當時也沒留神，把人跟丟了。」

謝危站在廊下，沒有說話。

不遠處的側門外卻傳來笑著說話的聲音，是有人跟門房打了聲招呼，又往府裡走。

劍書聽見，轉頭一看，便笑起來：「老陶回來了。」

是府裡的廚子，做得一手好菜。

老陶膀大腰圓，白白胖胖，卻是滿臉喜慶，一隻手提著菜籃，一隻手還拎了條魚，見著謝危站在廊下，便連忙湊過去行禮，道：「大人回來了，今兒個買了條新鮮的大鯉魚，正活泛！前些天做的糕點也被刀琴公子偷偷吃完了，我還買了幾斤糯米一斤桃仁，可以試著做點桃片糕哩！」

謝危看了看他那裝得滿滿當當的籃子，目光一垂，點了點頭。

姜雪寧一溜煙出了奉宸殿偏殿，直到走得遠了，到了仰止齋門口了，扒在門邊上回頭一望，瞧著沒人跟來，才長長地鬆了一口氣。

吃個桃片糕差點沒嚇出病來！

自己真是膽兒肥了，連謝危給的東西都敢吃也就罷了，還敢去肖想那是謝危自己做的，簡直是連命都不想要了！

萬幸對方沒察覺，安然脫身。

她輕輕拍了拍自己胸口。

姚惜同尤月從仰止齋裡面走出來時，正好看見她這副模樣，心裡想起的卻是那一日她轉身去找張遮時的姿態，一時恨意都翻湧上來，便淡淡笑道：「姜二姑娘不是學琴去了嗎，回來怎跟做賊似的，不是又被謝先生訓了吧？」

姜雪寧轉頭就看見了她。

這些日來姚惜對她的敵意已漸漸顯露端倪，只是恨自己的人多了，姚惜又算老幾？

她還沒到需要太過注意的時候。

姜雪寧聽了諷刺也不生氣，誰叫她今日琴彈得不錯，勉強也算得了謝危的誇獎呢？

不上天都算輕的了。

她揚眉笑笑，一副閑閑模樣，道：「那可要叫姚小姐失望了，今日終於能摸琴了，剛得了謝先生一句肯定呢。往後必定再接再厲，不辜負先生對我一番苦心教誨。」

天下人未必見得自己的朋友過得好，卻一定樂見自己的敵人過得壞。

倘若所恨之人過得壞，便是見不著，遠遠聽著消息都要心中暗爽。

姜雪寧無疑是姚惜的敵人。

可她非但過得不錯，而且是當著面告訴旁人她過得不錯，眉眼間的輕鬆笑意，直像是一根根針，紮得人心裡冒血！

姚惜噎住不說話了。

尤月早怕了，此刻更是閉著嘴巴當個鋸嘴葫蘆，一句話不說。

姜雪寧便拍了拍手，腳步輕快地從她們身邊走開。

尤月打量姚惜臉色，輕聲道：「興許是打腫了臉充胖子，誰不知道她不學無術是出了名的？學琴也看天賦，笨得那樣連指法都不熟，謝先生怎可能誇讚她？不過是故意說出來叫妳堵心罷了。」

姚惜深吸了一口氣，拂袖轉身。

只是才行至仰止齋門口，眸光不經意間一掃，腳步卻是一頓：方才姜雪寧所立之處，竟落下了一枚香囊。

尤月順著她目光看去，很自然地便彎身將這荷包撿了起來，翻過來一看，月白的底上，用深藍的絲線繡了精緻的牡丹，針腳細密，很是漂亮。

「這不是姜雪寧那個嗎？」

心裡有些嫌棄，她一撇嘴，抬手便想扔進旁邊花木盆角落裡。

沒想到，姚惜看見，竟是直接劈手奪了過來，拿在手裡看著。

尤月有些不解：「要還給她嗎？」

姚惜心思浮動，眼底卻是一片陰翳，只道：「不過是個小小香囊罷了，著什麼急？」

尤月便不說話了。

姚惜盯著這香囊看了半晌，隨手便收入了袖中，道：「回來時再還給她也不遲。看她天天掛著，說不準還是緊要物件，丟了找不著著急也好。」

尤月於是笑起來：「這好。」

姜雪寧人才走，她們撿著香囊，也懶得回頭喊她，徑直往御花園去了。

前些天，宮裡種的虎蹄梅已經開了。

太后娘娘風寒也稍好了一些，皇后為討喜慶，便在御花園中請各宮妃嬪出來賞梅，因有蕭姝的面子在，仰止齋這邊的伴讀們也可沾光去看上一看，湊個熱鬧。

這種事，姚惜和尤月當然不願錯過。

梅園裡虎蹄梅是早開的，臘梅也長出了小小的花苞。

人走在園中，倒是有幾分意趣。

尤月出身清遠伯府，甚是寒微，愛與人結交，更不用說是遇到這種千載難逢的場合，一意去各宮妃嬪面前巴結奉承，姚惜卻不很看得慣。

她大家閨秀出身，不屑如此。

是以宴到半路，乾脆沒出聲，撇下眾人往外園子裡賞梅去。

梅園頗大。

姚惜說是賞梅，可看著看著，在這已經有些冷寒的天裡，卻是不可抑制地想起了那一日在慈寧宮中所見的張遮，又想起在父親書房裡所看見的那封退親的回信，心中淒然之餘更生恨意，不覺便走得深了。

盡處竟有些荒蕪。

一座平日少人來的幽亭立在梅林之中，周遭梅樹都成叢栽種，倒是顯得茂密了。

只是看著陰森，叫人有些害怕。

姚惜膽子不是很大，一到這裡便回過神來，想轉身往回走。卻沒想，才往回走了沒幾步，一陣腳步聲伴著低低的交談聲，從梅園那頭傳來。

「當日仰止齋之事若非哀家看出端倪，憑妳這般思量不周，讓那小宮女當庭受審，一個不小心，嘴不嚴將真相抖落出來，妳當如何自處！」

「是侄女兒糊塗，失了常性。」

「萬事行易思難，宮中尤其如此。誰也不是傻子！連對手的虛實都沒摸清楚，便貿然行事，實在太叫哀家失望了。」

「……」

「如今一個姜雪寧沒事，妳平白為自己結了這麼個勁敵；外頭還進來一個姜雪蕙，樣貌雖不頂尖，學業上卻能與妳爭輝，且極有可能才是玠兒那方繡帕的主人，妳可不僅僅是糊塗了！」

「姑母教訓得是。」

蕭太后走在前面，蕭姝跟在她身後。

一個滿面的怒容不大壓得住，有些嚴厲地責斥著，一個卻是沒了往日高高在上的淡靜，垂首靜聽著。

兩人身後都沒跟著宮人。

很顯然這樣的話也不適合叫宮人跟上來聽。

腳步聲漸漸近了。

姚惜素日與蕭姝關係不錯，走得也近，便是認不得蕭太后的聲音，也能辨清蕭姝的聲音，乍聽兩人所談之事，只覺頭上冷汗直冒，一顆心在胸腔裡瘋狂跳動。

當下絕不敢現身。

見著旁邊一叢梅樹枝幹交疊，能藏得住人，便屏住呼吸，連忙躲在其後，大氣也不敢喘一下。

蕭太后繼續往前走著，從那叢梅樹旁經過，道：「妳雖是蕭氏一族難得一見的聰明人了，可到底年歲還輕，所經歷的事情還太少，思慮不夠周全，也沒想好足夠的應變之法，那日險些便在殿中陷入被動。且妳私自動手連哀家都不告訴！當哀家看不出妳想如何嗎？」

蕭姝道：「阿姝有愧姑母教誨。」

蕭太后卻是嘆了口氣，道：「聖上當年親歷過平南王之亂，從此多疑，便是對哀家這親生母親也不親厚，連選皇后都選了個小門小戶出身的，蕭氏一族出身之人連妃位都不選一個，便是忌憚著呢。玠兒卻是性情溫厚，對我更為親近。我知妳也是個心有大志的，且放眼京城，勳貴之女，沒人比妳更配得上母儀天下之位。」

姚惜躲藏在樹後暫時不敢動，心裡雖告誡自己想活命就不要去聽，可兩隻耳朵卻封不住，那話音不斷傳入，叫她越聽越心驚膽寒。

那日仰止齋之事竟是蕭姝陷害姜雪寧！

為的是臨淄王沈玠，為的是要成為將來的皇后！

接著便聽蕭姝道：「姑母的意思是……」

蕭太后冷冷道：「聖上只要還在，要立玠兒為皇太弟，便不會容忍蕭氏之女成為臨淄王妃，妳要沉得住氣才是。」

蕭姝道：「難道便要眼睜睜看著旁人上位？」

這時兩人的腳步聲已經有些遠了，聲音也有些遠了。

姚惜咽了咽口水，不敢再多待，悄悄繞過那梅樹叢，便要離開。

可誰想心慌意亂之下容易出錯。

她匆匆彎身時竟不小心撞著了一莖梅枝，頓時梅花搖顫，有枝幹碰撞的聲音傳出。

「誰在那裡！」

蕭太后回頭擱著遠遠的地方只能看見那一莖梅枝動了動，下意識便一聲厲喝！

姚惜立刻知道自己已經洩露了行跡，慌不擇路，拔腿便跑。

只是恐懼到極點，惡念也湧上來。

她眼底一片狠色溢出，心念一動，竟直接伸手探入袖中，摸到了那枚方才拾到的香囊，直接擲在地上。然後快步出了這梅園，往別處轉了一圈，才回到賞梅宴上。

❀

宮裡一堆妃嬪賞梅，還有個蕭太后在，姜雪寧才不愛去湊那熱鬧。

流水閣裡方妙被周寶櫻拉了坐在那邊下棋。

她便走了過去，坐在旁邊，一面剝著宮人端上來的花生吃，一面看兩人棋盤上較高下。

直到天色暗下來，去賞梅的那些人才回來。

見著流水閣裡在下棋，眾人都跟著湊了過來，想看看這一局周寶櫻又會贏方妙多少。

蕭姝也在她們之中。

見姜雪寧手邊已經剝了一堆花生殼，蕭姝淡淡笑了一笑，眸光微閃間，抬手便將一枚香囊遞到她面前去，道：「方才在外頭撿到一物，看著有些眼熟，是姜二姑娘的吧？」

姜雪寧一怔，抬眸。

蕭姝指間掛著的那香囊正是先前尤芳吟做成第一筆生意時，專門用了絲農送的綢緞，給她繡的那枚香囊，深藍的牡丹十分獨特，很漂亮。

再垂眸一看自己腰間，不知何時已空空蕩蕩。

她眉梢微微一挑，從蕭姝手中將香囊接過，倒也並不千恩萬謝，仍是有些冷淡，平平道：「是我的，也不知是何時落下，倒是有勞了。」

香囊的邊上也不知被什麼東西勾了一道，有些起毛。

姜雪寧看了倒有些心疼，輕輕撫了一下，才皺著眉掛回自己腰間。

蕭姝靜靜打量她神情，觀察她行止，輕易便覺出那並不願同她多言的冷淡來，可除此之外，竟是十分的坦然。

尤月在後面看得有些一頭霧水。

姚惜卻是在看見這一幕時心如擂鼓，險些腳下一軟沒站住。

第八十四章　暴脾氣

東西失而復得，自然值得高興。

不過交還之人是蕭姝，多少透著那麼一點奇怪，姜雪寧不是很習慣。好在蕭姝也並沒有借此與她說話的意思，交還香囊之後便走了。

於是她也樂得自在，繼續看周寶櫻與方妙下棋。

這回下的是圍棋。

方妙這一手已經進入了長考，一時半會下不定。

周寶櫻百無聊賴模樣，便也抓起旁邊的花生來剝，還轉過頭看了姚惜與尤月一眼，好奇道：「二位姐姐也去賞梅了嗎？」

姚惜見蕭姝走了才鬆了一口氣，可聽著周寶櫻這一問，心又不由緊了幾分，勉強若無其事地笑道：「也去了，不過也沒看上多久，都陪著各宮娘娘們說話了。」

周寶櫻便「哦」了一聲。

她像是想要說什麼，不過正巧這時候方妙「啪」地一聲落了子，她的目光頓時便移開了，立刻拍手大笑起來：「我便知道方妙姐姐要下這裡！看我吃妳半目！」

方妙看她手指所落之處，立刻著急地大叫起來：「妳！妳怎麼可以下這裡呢？不對不對，我還沒想好，我不下這裡！」

「落子無悔啊姐姐！」

周寶櫻好不容易又要贏一盤，才不許她輕易悔棋，兩人便在棋盤上面打鬧了起來。

姚惜才歷了一番險，只覺心神俱疲，佯裝無事在流水閣中看了一會兒，才稱自己睏倦，往外走去。

尤月見狀，目光一閃也跟了上去。

姜雪蕙從自己房裡出來時正好看見她二人一前一後地回來，還輕輕打了聲招呼，但興許是她先前當面駁斥過她們的緣故，兩人的神情看上去都不很親近，顯得有些怪異的冷淡。

這時她倒也沒在意。

到用過晚膳回房的時候，注意到姜雪寧那香囊上刮了一條道，才問了一句：「這香囊是怎麼了？」

姜雪寧低頭看了一眼，道：「大約是不小心落下了，被蕭姝撿到，還給我的時候已經這樣了，大約是在哪裡刮破了吧。」

香囊汗巾這些東西，都是女兒家私物。

她是慣來外頭混慣了，對這些小節不甚在意，姜雪蕙卻是高門後宅裡養出來的，聞言眉頭便輕輕蹙了蹙，道：「什麼時候丟的？」

姜雪寧同她的關係本來不近，若非必要，兩個人都是不說話的。

如今姜雪蕙卻主動問起。

姜雪寧細一思量便知道她在擔心什麼了，畢竟這種私物若在宮中往誰的手裡走一遭，扯出點什麼男女之事來，落在有心人眼中，也夠搞出一樁大事了。

她也沒回話，只重新將香囊解了下來，直接打開來看。

裡頭裝的還是乾花與香片，倒沒多出什麼別的。

只不過原本細細的杜若芳息裡竟隱隱多了一股沁心的冷香……

極淡，可依舊能嗅出。

姜雪寧心頭頓時微微一凜，腦海裡浮現出的是今日在宮中的那一場自己並沒有去的賞梅宴。從今天早上出門到晚上用膳，她所待過經過的地方也不過就是從仰止齋到奉宸殿，還有中間那一條條宮道，中間絕對沒有沾過什麼梅花，更何況虎蹄梅是開得最早的……

除非蕭姝用梅香。

可據她所知，並不是。

姜雪蕙不過是想問問什麼時候丟的，怕宮中有人拿這香囊做文章，卻沒想到姜雪寧拆了香囊略略一聞後便緊皺眉頭。

她難免擔心：「不對？」

姜雪寧眼底覆上一層陰翳，只望向了仰止齋門外以及門外那一條宮道，也不回答，把香囊一系，看周遭也無旁人，便徑直下了臺階，一路仔細看著。
到得仰止齋門口，她忽然想起點什麼，腳步一停。
宮中的宮門都是木制。
這會兒兩扇門還沒關上，圓圓的銅環垂在兩邊。但在左側那扇門差不多與人腰相同的高度上，卻是有一道木刺突了出來，上頭還掛了幾縷極其纖細的月白蠶絲。
姜雪寧仔細一瞧，便發現了。
她輕輕抬了手指將那幾縷絲摘下，再將掌中香囊攤開，香囊上那道刮痕尚新，月白的底色同這細細的蠶絲，一模一樣。
再一回想，先前她從奉宸殿回仰止齋時，的確有扒著這扇門往回望。
這麼想來該是那時候丟的。
當時遇到了尤月和姚惜，倒沒看見旁人。可這香囊最終卻是蕭姝拾到的，且上頭還沾了幾縷梅香……
姜雪蕙看她這架勢就知道是出了事。
但姜雪寧似乎知道她想說什麼，只道：「不用妳管。」
說完便拿著香囊回了房。
經歷過上一遭查抄仰止齋被人陷害的事情後，姜雪寧已經小心了許多，畢竟她不再是上一世的皇后，旁人一點陰謀詭計也能陷她於危難。

這事兒有沒有蹊蹺，暫且兩說。

要緊的是，如果有蹊蹺，會有什麼牽扯？

屋裡點了燈，香囊與那一縷絲線都放在燈下，姜雪寧坐在案前，看了許久。

入夜已深。

很快就聽著流水閣那邊笑鬧的聲音小了下去，緊接著便是方妙與周寶櫻告別的聲音，大約是終於下完了棋，約定要明天繼續戰。

這時候，姜雪寧便想：與其自己在這裡思慮懷疑，倒不如明日直接找了蕭姝，先發制人開口問。畢竟沒做過的事情就是沒做過，旁人若要栽贓陷害，難免有不周全不完美之處，必定會露出破綻，被人發現馬腳。

而且，蕭姝真的不糊塗。

她一念定下，便打算洗漱歇息。

沒想到，剛起身，外頭竟響起敲門聲。

「叩叩。」

有人輕輕敲了敲她的門，接著竟是周寶櫻那軟軟糯糯的嗓音：「寧姐姐妳睡了嗎？我房裡的糕點吃完了，妳這裡還有嗎？」

姜雪寧頓時一怔。

不管是上一世還是這一世，她同周寶櫻的交集也不深。隱約只記得這姑娘後來嫁了延平王，諸事不想，成日裡研究吃喝，倒是非同於常人地逍遙自在。

這大半夜還找吃的？

她上前開了門，道：「還有的，我給妳拿些？」

周寶櫻剛同方妙下完棋回來，有些羞赧地站在門外，彷彿這樣找人要吃的很不好意思一般，見姜雪寧給她開門便眉開眼笑，跳了一步進門，道：「謝謝寧姐姐。」

宮裡的糕點都是按例給的。

周寶櫻好吃，一天到晚嘴都不帶停，自己房裡的糕點吃完了是常事。

姜雪寧卻截然相反。

入宮之後吃得甚少，對宮裡目前這些廚子，都不很滿意。

她將自己那幾碟糕點都放進了食盒裡，道：「我也不愛吃，要不都拿給妳？」

周寶櫻咬唇：「啊，這不大好吧……」

話雖這麼說著，手卻是不由自主地朝著姜雪寧遞過來的食盒伸去，緊緊地攥住了，兩隻眼睛彎得月牙兒似的，簡直開心得冒泡。

給吃的都是好人。

所以對著姜雪寧，她好話便一籮筐地往外倒：「我就知道寧姐姐長得好看心也善，很疼很疼我了！今天蕭姐姐給妳撿回來的那個香囊我可也看見了呢，不過那時候我站在廊上，姚惜姐姐和尤月姐姐在門口，已經先撿起來了，我想她們會還給妳，就沒再過去。見她們回來的時候沒說給妳香囊，我還納悶了一下，還好蕭姐姐竟然拿了出來。真是，若是我撿著就好了，不然這會兒也不算白吃姐姐的糕點了……」

兩道眉鎖了起來，一副有些發愁的小模樣。

她說起話來軟軟糯糯，可語速卻不很慢，像倒豆子似的，自帶一股韻律。

一番話說過去差點讓人反應不過來。

可待姜雪寧意識到她說了什麼時，便忽地抬起頭來看她，已是微微一怔，心頭大震！

周寶櫻卻似對此毫無知覺一般，兩手攥著食盒，有些愁苦為難模樣，好像下定決心一般咬了咬牙，對姜雪寧道：「這樣吧！這回拿了姐姐的糕點，等下一次宮人們端糕點來時，我便把我的那一份分一半給姐姐，絕不反悔！」

姜雪寧：「……」

周寶櫻就當她是答應了：「那就這樣定了！謝謝姐姐，我，就回去了？」

姜雪寧這才淡淡一笑，道：「回去吧，早些休息。」

周寶櫻又蹦了一下跳出門去，朝姜雪寧揮手：「姐姐也早些休息！」

說完便歡天喜地地拎著食盒往自己房間去，半道上還沒忍住，掀開盒蓋來從裡面拿了一塊杏仁酥塞進嘴裡，儼然是饞得狠了。

姜雪寧看著她的背影消失在長廊拐角，才一垂眸，慢慢將門合上。

心緒卻陡地翻騰。

果然是姚惜與尤月呢……

不過這一點她先前就懷疑過了，所以當從周寶櫻口中聽說時並不很意外。讓她意外的卻是周寶櫻偷偷溜過來同她說話本身。

看似不經意，可若她先前對此事的蹊蹺並無察覺的話，這話已經足夠點醒她，讓她心生警惕了。

這小姑娘……

姜雪寧不由一笑，雖然喜好吃喝，可到底是能在棋盤上殺得方妙片甲不留的棋癡，沒表面上那麼傻。這機靈勁兒，一般人沒有。

次日早起去奉宸殿上課，姜雪寧一臉的若無其事。

蕭姝也是尋常模樣。

倒是姚惜似乎沒睡好，有些懨懨，不很精神。

陳淑儀還打趣她：「這小模樣看著憔悴，晚上都想什麼去了呢？哎呀，是我忘了，咱們姚惜姑娘可不一樣，是親事都定下來的人，當然要想得多一點啦。」

若她以前這般說，姚惜必定滿面羞紅。

接下來便會是眾人一番打鬧，氣氛輕鬆愉悅。

可沒想到，聽了她這話，姚惜的臉色卻是頓時一變，甚至變得十分難堪起來，抬起頭來直視著陳淑儀，竟有一分的怒意。

陳淑儀立刻就意識到了。

她面上的笑意一滯，停下笑來，遲疑了片刻道：「怎麼，不是不和那張遮退親了嗎？」

殿內眾人對她和張遮的親事都是清楚的，一開始知道她要退親，後來不知為什麼又不退了，在慈寧宮意外見過張遮之後更似乎對張遮十分滿意。

郎才女貌，雖不門當戶對，可女方沒怨言的話，也能成一對佳偶。

按常理來講，這門親事自然是妥了。

即便有張遮主動退親的信來，可眾人都不覺得那是事兒。

包括蕭姝在內，所有人的目光都轉了過來，看向姚惜。

姚惜擱在桌上的手指攥得便緊了。

她只覺著這些好奇的目光裡都藏著惡意的探尋和打量，甚至有一種隱隱等著看好戲的期待。張遮堅決要退親的信她已是看過，且還因為在奉宸殿中一番戲言被父親冷言責斥！

想起來就恨。

更恨的是那張遮竟然敢退自己的親！

她這樣的大家閨秀，往後面子往哪裡放？

此刻眾人關切的目光非但沒有緩解她心內的難堪，反而更加重了她心中的惱恨。

可這種事她絕不願宣之於口。

哪個姑娘願意坦然說自己被退親了？

姚惜咬著牙關，朝陳淑儀笑了一笑，竟沒客氣，道：「那張遮不識好歹，小門小戶出身，縱有一表人才也顯得寒磣，更何況請人算過，一副天煞孤星命格。所以想來想去，還是算了。」

眾人都驚訝地「啊」了一聲。

姜雪寧卻是親耳聽過張遮說要主動退親的事情的，此刻聽姚惜說得，倒像是她主動退了張遮的親一般，且張口竟然就說張遮是「天煞孤星命格」！

這同她當日與尤月所議，有何區別？

她面容微微冷了下來。

姚惜卻挑釁般地故意看了她一眼，意有所指道：「不過，我看不上的人，那些小門小戶出身的想來都搶著要。所以便是退親了，那張遮說不準也能找個不錯的呢。雖然未必能與我相比，可說不準人王八對綠豆，瞧得上眼呢！」

旁人都聽得一頭霧水。

唯獨姜雪寧清楚這話是罵自己，胸腔一時鼓動。可想要發作，對方又沒指名道姓，她若跳出來倒好像自己真同張遮有了什麼不可告人的關係一般，反中人下懷。

正好這時上課的先生到了，她便強行將胸臆中這股火氣壓了下去。

只是越壓，這股火氣反而越盛。

今日學書和禮，全程她臉色就沒好過。

那堂上的先生們乍一錯眼瞧見她都以為是自己教錯了，在知道姜雪寧逼走過兩任先生之後，都不由戰戰兢兢，生怕下一個遭殃的就是自己，倒沒來找她麻煩。

等到下課，姜雪寧要從殿中出去，姚惜也正好走上來。

她不想讓，姚惜也不想讓。

兩人擠了一下。

姜雪寧脾氣上來，眉頭一皺便直接推了她一把，絲毫不客氣地道：「我走在前面妳搶什麼，趕著投胎去嗎？」

姚惜也是今日冷不丁被陳淑儀問起親事，想起了張遮退親的那一遭恨，疑心病上來總覺得此事與姜雪寧有關係，是以不知覺間便要與她作對，不肯相讓，卻忘了姜雪寧本身是個何等不肯忍讓的脾性，一點就著。

被她一推，她險些一個趔趄倒下去！

殿內先生都還沒走，宮人們立在一旁，見著這一幕簡直驚呆了，完全不敢相信有人脾氣這麼火爆，眾目睽睽之下直接發作！

連姚惜自己都沒想到。

她被人扶了一下才站住，待反應過來之後卻是大怒：「姜雪寧妳什麼意思！」

姜雪寧冷笑：「想搞妳的意思。」

沈芷衣都沒走那麼快，這會兒還在後面呢，她並不知道兩人之前還有什麼恩怨糾葛，看著這場面都愣了一下。

旁人卻都悄悄打量她的神情。

姚惜有心想要與姜雪寧爭個高下，可回頭看了正關注著事情進展的沈芷衣一眼，卻是極為忌憚地收回了指著姜雪寧的手指，恨恨道：「不做賊不心虛，暗地裡做小人的當然惱羞成怒。」

姜雪寧一聲輕嗤：「不必指桑罵槐，勸妳最好收斂著點，被人退親就乖乖夾著尾巴做人，畢竟一場緣分好聚好散，旁人也不會到處聲張。可若妳自己死要面子不肯叫人好過，那人也自有一千一萬種叫妳不好過的法子。妳敢出去胡說八道一句，我便敢叫滿京城都知道妳是做過什麼事才被人退親！」

被人退親！

原來姚惜竟然是被退親的那個嗎？

不是先前信誓旦旦十分有信心的說，張遮退親是為了不牽連她，只要她回絕，這門親事都是妥妥會成的嗎？

所有人聽了姜雪寧這話都驚呆了。

再看向姚惜的目光頓時有些微妙，有同情，也有些一言難盡。

姚惜完全沒想到姜雪寧竟然這麼不客氣當著所有人的面把這件事說出來，被眾人目光看著，臉上青紅交錯，氣得身子直抖。

眼淚是撲簌撲簌就掉了下來。

姑娘家畢竟愛面子，被人當面打臉，當然委屈極了。

姜雪寧卻是終於出了一口惡氣，看都懶得多看她一眼，一甩袖子便直接走了，往偏殿行去。

反正她跋扈成性，旁人愛怎麼說就怎麼說去。

只是她這人言出必踐，說到做到！

姚惜若敢做出上一世那番狗屁倒灶汙蔑打壓張遮的事來，她便是捨了這一世不離開京城在這修羅場裡攪和，也要跟她死磕到底，讓她付出代價！

❀

偏殿裡一片暖意，提前燒了地龍，連沏茶的水都提前放在了爐上。

謝危一早便到了。

不大的一隻食盒邊上，一碟桃片糕擱在茶桌桌角，他卻看著自己面前那一盞淡淡青綠的茶湯，有些出神。

姜雪寧推門進來，他轉頭便看見了。

只是比起往日，這一臉冷凝冰寒模樣，倒像是跟誰有仇。

謝危輕輕揚了揚眉。

他又想問：誰又招妳了？

可一想這話昨日問過了，便沒有開口。

姜雪寧卻覺得火氣正大，走過來先同謝危躬身道禮，起身時見他正打量自己神情，便知道是自己喜怒形於色了，因怕謝危誤會，便道：「方才與賤人吵了一架，先生莫怪。」

謝危：「……」

這兩個字用得，是真氣上頭了，寧二往日從不說這種話的。換句話講，能當得上「賤人」二字，事情一定很嚴重。

他琢磨著她這滿肚子的火氣，也不像是能靜心彈琴的，便一指自己對面，道：「坐。」

姜雪寧悶頭走過去坐下。

謝危看她一臉苦大仇深，坐下來便不動了，便一垂眸，飲了口茶，淡聲道：「等著我給妳倒茶不成？」

茶是姜雪寧來之前就沏好的，倒在了茶海裡。

姜雪寧這時才反應過來。

往日謝危給她倒茶那是沏茶者的禮儀，且只喝過兩回她都沒留心，被他這一點，後腦杓都涼了一下，趕緊端起茶海，看謝危那茶盞放下了，便十分乖覺地先給他續上，然後才轉來給自己倒上一盞。

她也不敢說話，兩手捧起茶盞來便喝了一小口。

今日是猴魁。

顯然也是宮中禦貢，入口順滑，齒頰回甘。飲過還能嗅得一分帶著些清甜的香味……

嗯，清甜？

猴魁是這味道嗎？

姜雪寧忽地怔了一下，眼珠一陣轉動，一下就看見了旁邊那碟桃片糕。

跟昨天一樣啊。

那味道她是有些嫌棄，不想嘗第二遍。

看了一眼，她便把目光收了回來，繼續喝茶。

謝危道：「宮中行事，收斂為上，妳卻是到處樹敵，又因何事與人起爭執？」

姜雪寧咕噥：「我也知道我這性情不適合在宮裡待著，可您幾位也沒給我選擇的機會啊。」

話說著那股清甜的香氣又飄來。

她沒忍住，又轉過去看了那碟桃片糕一眼：明明那麼難吃，香氣卻這麼誘人，到底是鬧哪樣？宮裡的廚子就是花裡胡哨心眼兒壞！做人要有骨氣，千萬別伸手！不然一會兒吃不完還要在謝危面前硬著頭皮塞，簡直太慘！

謝危眉梢一挑：「這是在怪我？」

姜雪寧心不在焉，都不記得自己剛才說什麼了，下意識「啊」了一聲，立刻道：「不敢不敢。」

謝危的目光卻移向那桃片糕。

他已經注意到姜雪寧向它看了不止有一眼，道：「想吃便拿，沒人拘著妳。」

「不不不，我不餓。」

姜雪寧立刻搖頭，表示拒絕。

謝危：「……」

第八十五章　吃上了

這是什麼表情？

姜雪寧有些狐疑地看了他一眼，莫名有點慫，只疑心自己說錯了什麼：「那我吃一個？」

謝危：「……」

姜雪寧立刻改口：「那還是不吃了。」

謝危忽然覺得有那麼一點好笑。

可不是笑姜雪寧。

而是笑自己。

他莫名搖了搖頭，看著自己掌心那盞茶，卻是想起燕臨來，道：「性情頑劣，脾氣不好，還沒點眼力見兒，也不知燕臨是著了什麼魔。」

好端端怎麼提起燕臨？

而且還納悶燕臨為什麼看上她？

姜雪寧扯了扯嘴角，小聲嘀咕：「所以燕臨有人愛，而你沒老婆麼。」

不過話剛一出口她就看見謝危眼神抬起來了，立刻道：「您說得對，我不學無術，我配不上燕世子。」

「……」

這心裡有怨言又一副不敢同他計較的模樣，看得人發笑，可謝危的唇角剛彎起來一點，又不知為何沉降了下去。

燕臨。

勇毅侯府。

冠禮。

不知不覺，日子已經很近了。

姜雪寧說完方才的話，也幾乎同時意識到了這一點，面上輕鬆的深情便跟著沉默下去。

她還記得上一世的冠禮。

那時她對朝野上下的局勢一無所知，也根本不知道當時勇毅侯府已在危難之際，已經下定決心要努力去當皇后，但還沒到付諸實施的時候，是以還十分貪玩，小孩兒脾氣，琢磨著要給燕臨找個特別好的生辰禮物。

結果沒想到，那日半道上誤了時辰。

她遲到了。

等她的車駕抵達侯府，整座宅邸早已是血氣沖天，兵甲光寒，裡頭哭天喊地的一片，前往赴宴的勳貴們嚇得臉白腿軟，奔命一般從裡面逃出來。

她抓住人就問：「怎麼了，出什麼事了？」

誰也不回答她。

她便帶著自己準備好的生辰賀禮想進去找人。

可兵士將她攔住了。

她死活想要進去。

然而這時候一顆頭顱從裡面滾了出來，掉在臺階上，濺得地上點點都是鮮血，她頓時就嚇壞了，再轉頭一看那些拿著刀劍的人都冷冷看著她。

也不知是誰拉了她一把，終於還是把她拉了回去。

回府後，她就病了一場。

也就是說，上一世，她甚至沒能去參加燕臨的冠禮。

後來，燕臨因此誤會她是趨利避害，是知道侯府遭難，所以故意不來。

畢竟不久後她便告訴他，她要當皇后。

後來那已經經歷過風霜雨雪，披著榮光還京成了將軍的舊日少年，站在她煌煌的宮殿裡，輕輕按住她肩膀，幫她將頭上的金步搖摘下，對她說：「那一天，我等了娘娘好久。站在堂上，看著每一位踏進來的賓客，滿懷期待，總想也許下一個就是妳。可等了一個又一個，看了一個又一個，臨淄王來了，妳沒有來；謝先生來了，妳沒有來；連蕭姝都來了，妳沒有來。可我想，寧寧答應過我，就一定會來。於是我等啊等，等啊等，等到重兵圍了府，等到聖旨抄了家，等到臺階淌了血，也沒有等到……」

姜雪寧無從為自己辯解。

又或者，對於陷入仇恨與陰暗之中的舊日少年，一切的辯解都顯得蒼白。

她只能無聲地閉上了眼。

前世種種忽如潮水逆湧，姜雪寧過了一會兒，才慢慢看向自己手中的茶盞。

平靜的茶湯如一面小小的水鏡，倒映了坐在她對面的謝危的身影。

她問：「燕臨冠禮，聽人說謝先生要為他取字。」

謝危淡淡的：「嗯。」

男子二十而冠，此後才有成家立業。

冠而有字，用以釋名、明志。

勳貴之家出身的男子，到冠禮時基本都會請來鴻儒高士為自己取表字，謝危年紀雖比不上士林中其他鴻儒，可卻是文淵閣主持經筵日講的太子少師，往日還從未聽說過誰能請得他為誰開蒙或是為誰取字。

燕臨似乎是第一個。

也是迄今為止唯一一個。

可姜雪寧竟不知道上一世燕臨的字是什麼了，取成了嗎？

勇毅侯府遭難後，一切與燕氏一族有關的話題都成了禁忌，誰也不敢提起。

等燕臨還朝後，也再沒有誰能親密到喚他的字。

也或許有，可她不知道。

謝危打量她片刻，道：「如今京中高門都知道勇毅侯府大勢不好，冠禮請帖雖發了，可應者寥寥。妳看著也不像是有什麼仁善心腸的，屆時要去嗎？」

姜雪寧望著他道：「燕臨是我最好的朋友。」

所以不管情勢如何，她是要去的，且這一世不要再遲到，不要誤時辰，不要再讓那少年失望。

謝危聽後卻是眉梢一挑，竟輕輕嗤了一聲。

最好的朋友？

他也不知是不是有什麼話想說，反正搖了搖頭，終究沒說，似乎也沒什麼心思喝茶了，只把手中的茶盞放下，道：「練琴吧。」

姜雪寧茶其實還沒喝完，可本來也不大渴，聊過這話題後，先前與姚惜起爭執的火氣卻是輕而易舉便消失了個乾淨。

取而代之的是沉重。

她放下茶盞，坐到琴桌前練琴，還彈《彩雲追月》開指。

昨日都彈得好好的，按理說今日會更好。

可沒想到，根本沒有昨日的流暢，滯澀磕絆，才沒幾句就彈錯了一個音。

謝危轉頭來看她。

姜雪寧一下停了下來，看著自己壓在琴弦上那纖細的手指，它們不受她控制地輕輕顫抖著，連帶著被壓在下面的琴弦也跟著震顫。

她慢慢將手指移開，交疊握在身前，用力地攥緊了。

可那種顫抖的感覺卻從指尖傳遞到心尖。

她垂下頭，閉上眼。

謝危第一次沒有責斥什麼，只是淡淡地道：「靜不下便不彈吧。」

燕臨冠禮在即……

不提起還好，一旦提起，又怎能靜心？

姜雪寧但覺心底沉冷的一片，被什麼厚重的東西壓著，喘不過氣來，連方才與姚惜吵架時那飛揚的眉眼都不見了神采，低低應道：「是。」

奉宸殿裡再次沒了聲音。

謝危在書案前看公文，但似乎也不很看得下去。

姜雪寧在琴桌前發呆，沒一會兒便神遊天外。

過了有兩刻，外頭又有太監來，有事稟告謝危。

但看姜雪寧在裡面，沒開口。

謝危便起身，對姜雪寧道：「自己沏茶看書，休憩片刻吧。」

他說完從殿中走了出去。

那小太監跟著他到了廊上，壓低了聲音稟告著什麼。

姜雪寧聽不清楚。

謝危的事情，她也不敢去聽。

在琴前枯坐良久，方才出神時不覺得，回過神來卻覺得身子有些僵硬。

這一張蕉庵乃是燕臨所贈。

少年當時熾烈誠摯的面龐還在記憶的水面浮蕩，可越是如此，她看著這一張琴越覺憋悶，於是還是站了起來，乾脆真坐到那茶桌前，重新燒水沏茶。

那碟桃片糕還在擱在原處。

姜雪寧正好瞧見它。

喝第一泡茶時，她沒去碰；喝第二泡茶時，便覺得腸胃裡有些清苦；待得茶到第三泡，終於還是覺得自己得吃點什麼，於是向著那碟桃片糕伸出了手去。

雪白的一片一片，中間點綴著一些成片的桃仁。

乍一看好像和昨天的差不多。

但仔細一瞧，好像每顆桃仁都比昨天的要大？

宮裡的廚子別的不行，種種糕點的樣子都是做得很好看的，聞起來也是很好吃的，雖然吃進去之後的感覺可能和想的不一樣。

可畢竟是在宮裡麼。

誰在意它是不是真的好吃呢？

薄薄一片桃片糕拿在手裡，姜雪寧盯著看了半天，腹誹了一句，終於還是隨便地往嘴裡一塞。

糯米都揉到了一起，柔韌之餘，又不失鬆軟。

甜而不膩，清卻不苦。

這味道……

初時沒在意，可等味道在舌尖上化開的瞬間，姜雪寧真是眼皮都跳了一下，差點嚇得噎死自己，手一抖險些把茶盞給推翻了！

甭管這桃片糕是什麼味道！

總之不會是宮裡的廚子做的！

上輩子她叫宮裡會做糕點的大廚都試過了，沒一個能做出她想吃的味道！

這一世宮裡沒換過的大廚就更不可能了！

那這碟……

姜雪寧只覺剛才吃進去的怕是毒藥，抬手壓住自己的眼皮，也摁住自己的心口，恨不能把剛才吃進去的那片給吐出來！

天啊她到底幹了什麼！

還是那句話，怎麼連謝危的東西她都敢吃了！

說不準正是用這碟桃片糕來試探她是不是還記得四年前那些事呢？

謝危此人心腸狠辣。

都怪他最近態度太為和善，以至於自己習慣性地得寸進尺，失去了警惕！

冷靜。

冷靜。

就吃了一片而已。

謝危也未必數過。

以肉眼來看，這一碟看起來和先前沒有什麼差別。

再擺弄擺弄，就看不出來了。

姜雪寧連忙伸出手去，把那一碟桃片糕重新擺弄了一下，遮掩住了自己剛才拿走了一片所留下的空隙。

然後等謝危回來。

可等了半天，謝危還沒回來。

姜雪寧隱約又聞到那一股隱隱清甜的香氣，原本低頭看著茶水的眼珠子轉過去看了桃片糕一眼，轉回來；又轉過去看一眼，又轉回來。

其實……

這一碟看著也鑾多？

再吃一片，也未必能看出來。

她扭過腦袋，朝偏殿門外看了一眼，聽著那細碎的說話聲還沒停，膽子便壯了幾分，又偷摸摸伸出手去，從盤碟裡扒拉出來一片，迅速塞進嘴裡。

再看那一碟桃片糕。

恩，很好，沒什麼破綻，就是左邊這片看著突兀了些，莫名有些打眼。

姜雪寧覺得不能任由它這麼放著，這般打眼若吸引了謝危注意力就不好了。

扔掉？

那也太浪費。

所以還是把它吃掉算了，這不算她偷吃，也不是她真想吃，是為了讓這碟桃片糕看起來正常點！

她發誓，吃過這一片就真的不吃了，再吃會死人的！

可偷吃這種事……

有一就有二，有二就有三，有三就距離上癮不遠了，而且一片一片地吃，也的確看不出此刻這盤桃片糕和之前的有什麼太大的區別……

罪惡的小爪爪再一次地伸了出去。

「真的，最後一片，最後一片！」

姜雪寧對著自己手裡第十片桃片糕立下誓言，然後咬了下去。

謝危這時正好從門外進來，也沒聽清，只道：「什麼最後？」

「咳咳咳！」

姜雪寧嚇得一哆嗦，剛吃進去的桃片糕咽都來不及咽便噎住了！

她連忙給自己灌了半盞茶，才避免了被噎死之險，轉身來道：「沒，沒什麼，說最後一泡茶了，念叨謝先生您怎麼還沒回來呢。」

謝危走近了一看，她的確是泡了茶，不過……

這碟桃片糕原本是這麼少？

他看著姜雪寧，似笑非笑。

姜雪寧順著他目光一看，原本裝著雲片糕的小碟……

擺盤什麼時候這麼稀疏了？

沒沒沒沒關係！

也許謝危這人眼瘸呢！

她訕訕一笑：「剛才有點餓了，吃了一點，就吃了一點……」

謝危挑眉：「當我眼瘸？」

姜雪寧咬了咬牙：「比一點多一點。」

謝危於是「哦」一聲：「嘗著怎樣？」

姜雪寧心想自己可不能記得當年的味道，睜著眼睛說起了瞎話：「跟昨天差不多，宮裡的廚子就是花裡胡哨，看著好，吃著不行，喝個茶吃吃還是可以的。」

謝危忽然覺得——

這丫頭片子可能是真的活膩了。

念頭一動，他走上前去，作勢要把那一盤端了，道：「既然不好吃也不必委屈自己，扔出去好了，叫宮裡廚子再好好給寧二姑娘做一盤。」

扔了？

姜雪寧脫口而出：「別啊——」

話一出口她就想給自己兩巴掌。

謝危停下來，饒有興味地看她。

姜雪寧終於知道，自己不僅是個有逆鱗的人，還是個有死穴的人。

由奢入儉難。

鄉野之間長大，口腹之欲難飽，是以嘗過好的，便總念念不忘。

她心內慘澹一片，乾脆豁出去，死豬不怕開水燙了，面無表情，頂著對方的注視，臉不紅心不跳，語重心長地道：「也沒有那麼不好，做人當戒奢從簡，不可浪費。」

然後把那碟桃片糕從謝危手裡接了過來。

謝危：「……」

若早知一碟兒桃片糕便能把這祖宗收拾得服服貼帖，先前費那麼大勁兒，又是哄又是訓，擔心她不學好，都是為了什麼……

突然有點懷疑起自己看人的本事？

他莫名笑了一聲。

第八十六章　分享

從奉宸殿離開時，姜雪寧把沒吃完的桃片糕一併帶走了。

謝危看著她。

她還一臉義正辭嚴地解釋：「謝先生常日出入宮廷，料想不會把糕點帶進帶出，如此這碟桃片糕放在殿中無人享用，擱到明日怕就不好吃了，不如讓學生帶回去。」

謝危沒說話。

姜雪寧便當他是默認了。

食盒往手裡一拎，她大步跨出了奉宸殿：反正餡兒也露了，裝也裝了，謝危沒看出來就不會看出來，看出來了自己也無法改變他的想法或決定。那不如趁自己腦袋還在脖子上，多活一天是一天，能吃一點是一點。拿命換來的桃片糕，當然要帶回去繼續吃！

想明白這一點，她腳步就變得輕快起來。

人走在路上，跟要飛起來似的。

謝危在她後面看著，只覺得她悲傷快樂都很真切，也很簡單。

仰止齋眾位伴讀中，只有姜雪寧是被謝危提溜著需要另花時間去進學練琴的，所以旁人的時間往往和她對不上，旁人休息的時候她可能才回，她休息的時候旁人可能已經在看書了。

這會兒也一樣。

姜雪寧拎著食盒回來，眾人基本都在午歇，整座仰止齋裡安安靜靜。她進屋將食盒放在自己的桌上，打開來又沒忍住吃了兩片，才琢磨起來。

被陷害的事情已經發生過一次，尚且還能為自己找藉口，說是沒防備，不小心；可如果再發生第二次，那就連藉口都沒得找，是真的蠢且鈍了。

與其暗中猜測，不如當面澄清。

更何況這一世她與蕭姝實在沒有什麼直接的利益衝突，她在宮內這段日子，不該這麼難過才對。

那枚或許惹了事的香囊，此刻就放在桌邊上。

一道破損的劃痕十分明顯。

姜雪寧盯了它有片刻，一念落定時，便將食盒合上，直接從桌上抓了香囊，推開門走了出去。

她的屋子在整座仰止齋最偏僻的角落。

蕭姝的屋子卻是這裡最好的那一間，坐北朝南，兩面開窗，採光很好，鄰著一條走廊，周遭也沒有旁人。

走過去並不需要多久。

門口卻有宮人靜立著伺候。

姜雪寧走過去時，站在外面伺候的宮人便看見了，朝她彎身一禮，竟然直接向她道：

「姜二姑娘是來找蕭大姑娘的吧？我們姑娘正在等您。」

姜雪寧頓時有些訝異地一挑眉。

這可真讓她有些意外了。

她看了這宮人一眼，沒有說話。

宮人也不多言，上前便將門推開了，請她進去。

姜雪寧走了進去。

這間屋子布置得竟不比她那邊差多少，處處透著點世家勳貴才有的底蘊，看起來沒有那麼富麗，可連角落裡隨便放著的一隻花觚都是雨過天青的釉色。

宮人站在書案前伺候筆墨。

蕭姝穿著一身淺紫的留仙裙，一手挽著袖，一手持著筆，正在作畫。大江流去，兩岸對出，古松兀立在高崖之上，孤帆飄蕩遠影漸淡於水波盡頭。

氣魄竟然不小。

旁的女子，不管是大家閨秀，還是小家碧玉，大多偏愛工筆花鳥，寫些閨中春怨，可蕭姝顯然不愛，更喜水墨染江山，格局更開闊些。

也或許，這是她想要給別人的感覺。

姜雪寧進來時，她筆尖正好點著那孤帆的帆影，抬眸看見她便勾唇一笑，道：「我便知道姜二姑娘會來找我，不過比我想的還早了許多。」

說話間她擱了筆。

也擺了擺手叫伺候筆墨的宮人出去了。

屋內就剩下她們兩人。

姜雪寧早知蕭姝不是個好相與之人，聞言並不驚訝，只道：「那看來，我還是很出乎蕭大姑娘的意料的。」

蕭姝點了點頭：「豈止出乎意料，簡直是有些佩服了。」

姜雪寧道：「妳指的是查抄仰止齋那一樁嗎？」

蕭姝一笑：「姜二姑娘明白人。」

姜雪寧一聲嗤，也不想廢話，直接將那一枚香囊擱在書案上：「昨兒妳還給我的香囊，的確是我所有。不過妳撿到香囊的地方，大約並不是我丟香囊的地方。」

蕭姝竟道：「我知道。」

姜雪寧頓時挑眉。

蕭姝卻沉默了片刻，似乎斟酌了一下，才道：「查抄仰止齋那一樁是我做的，可這一切也不過源於一個荒謬的誤會，我並非想要針對妳。」

姜雪寧忽然覺得她很有意思。

回望著她，她微微一笑：「我也知道。」

這番對話頗有點耐人尋味。

兩個人之間互有試探。

其實在剛知道有姜雪寧這麼個人時，蕭姝並沒有想過將她當成自己的敵人，一是她出身高門，能威脅到她的人很少，二是姜雪寧與她之間也沒有實質的利益衝突。

要成為敵人，這二者缺一不可。

然而入宮之後，一切似乎就有了變化。

姜雪寧在肉眼可見地備受重視，雖然出身不如，可在宮中竟然也不比她差。隨即而來的便是沈玠對姜雪寧的過度在意，甚至還私藏了一方繡帕，稍微有些敏銳的都知道，沈玠極有可能會被立為皇太弟，而她是一個想要成為皇后的女人。

在這種情況下，姜雪寧足夠成為她的威脅。

而且是很大的威脅。

那一次是剛巧得知了宮裡要下令查抄的事情，她前後一合計覺得即便此計不成也能讓姜雪寧入慎刑司吃一番苦頭，在裡面發生什麼事情，當然也不由姜雪寧本人說了算。

如此便可輕而易舉消除此人帶來的威脅。

可沒想到，危機面前，這位小門小戶出身的姜二姑娘竟然臨危不亂、據理力爭，甚至不惜以死為威脅，硬生生將這一場危機化解。

更沒想到，沈玠那一方繡帕另有主人。

她的敵人根本不是姜雪寧，而是她的姐姐姜雪蕙！

這可真是鬧了天大的笑話！

蕭姝一向好面子，可在因為這件事被太后姑母責斥的時候，即便心裡再如何不甘，再如何不爽，她也無法反駁——

是走了一步錯棋，出了一記昏招。

如此往後既要對付姜雪蕙，還要對付姜雪寧這個新結下的仇人，實在很划不來。

一個人再強，也不過是匹夫之勇，抵擋不過千刀萬劍。

蕭姝並不願意樹敵太多。

而眼下這一枚香囊的事情，正好為她提供了一個絕佳的機會，挽回先前的錯誤，也為自己減少一個強勁的敵人。

蕭姝打量著姜雪寧的神情，輕輕擺手，請她坐下，道：「當日實在是一念之差，無心之失，險些累得姜二姑娘出事，我心裡實在有些愧疚難安。不過與姜二姑娘也無甚交集，不甚瞭解，也不知要怎樣才能解開這中間的誤會……」

一念之差，無心之失？

那陷害若是成了她現在早已身首異處了！

不愧是蕭氏一族，高門出身，真不拿旁人的命當命，如此高高在上！便是謝危都沒這一副令人厭惡的嘴臉！

姜雪寧發現，這可能就是自己無論如何也不喜歡蕭姝的因由所在。

但她也無意因此親自與蕭姝撕個妳死我活。

對方既有拉攏她講和的意思，她也不必立刻就拒絕，好歹給自己討回點利息來再說吧？

是以，姜雪寧淡淡地笑了起來，故作輕鬆地莞爾道：「蕭大姑娘這樣尊崇的身分，若是想解開誤會，那是給我面子，我哪裡敢不應呢？」

端看想不想罷了。

蕭姝回視著她，似乎在衡量她這話的真假，過了好半晌，也懶得同她繞彎子了，只道：「聰明人面前還繞彎子沒意思。坦白說吧，若妳最終是要出宮去的，我不願同妳結仇。雖則我壓妳一頭，可傷敵一千自損八百，何況我還要對付妳姐姐。我願意拿出誠意，只是不知先前那筆仇是否能一筆勾銷？」

一筆勾銷？

想得倒是美呢。

強買強賣本事不小嘛。

不過這是心裡面想的，姜雪寧面上看起來十分好說話，很感興趣地道：「這當然沒問題，畢竟我人微言輕，勢單力孤，也的確無法與您抗衡。只是不知，蕭大姑娘這誠意有多少了。」

蕭姝拿起她那枚香囊，思索著看了片刻，便笑道：「總有些跳梁小丑背後作妖，讓人生厭。姜二姑娘不喜歡，我也不喜歡，不如便料理妥當，也好叫大家都清淨清淨。」

姜雪寧一副很滿意的樣子：「這可真是太好了。」

用腳趾頭想也知道，背地裡某個作妖的該是用這香囊陷害了她一把，說不準還涉及到什麼緊要的事情。

蕭姝當然不是什麼良善之輩。

什麼「誠意」什麼「一筆勾銷」，話說得好聽罷了。事實上即便沒有她的存在，她也一定會找到那真正丟下香囊之人，除之以絕後患！

這麼講不過是把這件事利用完全。

若真能哄得人忘記先前被陷害的那樁仇怨，可不就一石二鳥了麼？

姜雪寧不上這當，可她將來的確是要出宮去的，沒必要這麼早就跟蕭姝撕破臉，且反正她都把姜雪蕙搞進宮來了，接下來虛與委蛇一段日子對她來說並無壞處。

是以答應得十分乾脆。

兩人這一番交談之後稱得上是賓主盡歡，由蕭姝親自將姜雪寧送出了門外。可待從這一條長廊走出去，回頭來再看著蕭姝那兩扇重新閉上的房門，姜雪寧只想起了上一世的紛紛擾擾。

上一世，她同蕭姝一般，死活想要當那個皇后。

卻沒料想江山一朝傾覆，貴為皇后也不過渺如螻蟻。

蕭姝聰明一世，眼下一步一步地算計著想要登上那后位，可卻對那蟄伏在暗中的危險一無所知：她，或者說蕭氏一族真正的敵人，根本不是此刻仰止齋中任何一位伴讀，而是那位高高站在奉宸殿上為她們傳道受業解惑、聖人一般的謝少師、謝居安！

想到這裡，她心底忽然生出一種坐山觀虎鬥的悠然之感，笑了一笑，便返身向自己屋裡走去。

還有一碟桃片糕在屋裡等著她呢。

人生苦短，跟人勾心鬥角多沒意思！

姜雪寧重新翻出了那本醫書，也將那碟桃片糕從食盒裡拿了出來，擱在書案邊上，看書之餘便順手取一片來吃，冬日午後倒也悠閒愜意。

看了約莫半個時辰，外頭有人來找。

昨晚來過的周寶櫻「篤篤」又在外頭敲門，聲音裡充滿了雀躍：「寧姐姐！我來還妳的糕點啦！」

姜雪寧一怔，花了好一會兒工夫才回憶起來，周寶櫻似乎是說過借她的糕點去吃，等新的糕點送到便來還她這種話。

不過……

她搖頭笑了一聲，走過去給她開門，道：「我還以為妳說著玩兒呢。」

周寶櫻果真拎了個食盒站在外頭，小巧的瓊鼻輕輕一皺，有些得意：「與吃有關的都是大事，寶櫻可是言出必踐呢，說到做到！」

她走進來，把食盒打開了。

裡頭三層，裝著的都是各色糕點。

顯然御膳房和仰止齋的宮人都知道她愛吃，每日糕點送來總是她那邊最豐厚，樣式和品種都多很多。

「這是核桃酥，杏仁酥，這是玫瑰餡餅，黃豆糕……」

周寶櫻眼睛亮亮的，一樣一樣指給姜雪寧看。

可說著說著話，她忽然就看見了書案上擺著的那盤桃片糕，也不知為什麼，目光就移不開了。

姜雪寧正納悶她為什麼沒聲兒了，一看她，再順著她目光看去，心裡面頓時咯噔的一下，拔涼拔涼。

失策了……

剛才去開門請周寶櫻進來的時候，為什麼不先把這碟桃片糕藏起來！

周寶櫻咬了咬唇，看了看姜雪寧，又看了看那碟桃片糕：「寧姐姐這個，看上去好像很好吃的樣子……」

姜雪寧：「……」

她想說，不，妳誤會了，這個一點也不好吃。可誰又能頂得住周寶櫻這種小鹿似的濕漉漉的眼神？

簡直好像不給她吃是一種罪惡。

更何況，這小姑娘昨日貌似無意來同她說那一番話，是副善心腸。

姜雪寧思量片刻，終是不大忍心拒絕，雖然覺得心頭滴血，還是微笑著摸了摸她的腦袋，道：「妳想吃，那我分一半給妳拿回去，好不好？」

周寶櫻頓時眉開眼笑：「好！」

第八十七章　扔掉

「鄭尚書也真是老糊塗了，年將乞休，摺子都下來了，卻還在昨日內閣議事時當眾為勇毅侯府求情。誰不知道現在聖上正在氣頭上？這事兒他可真是沒看清楚形勢。這不，引得聖上龍顏大怒。他一個遭殃不打緊，倒連累得在場所有同僚與他一道擔驚受怕，唉……」

陳瀛長長地嘆了一聲。

嘆完後卻不由打量對面謝危的神情。

這是在謝府。

昨日下午內閣議事的時候起了爭執，險些鬧出大事來。但當時謝危似乎去了奉宸殿教那什麼女學生，並不在閣中，因此免涉事端。

陳瀛忍不住要思量這中間是否有什麼玄機在。

是以趁著今日一早不用早朝，掐著時辰遞上名帖，來拜謝危，敘說昨日內閣中事，探探這位少師大人的口風。

謝危人雖不在，可事情卻是一清二楚。

奉宸殿偏殿時那來的太監已經將情況稟明了。

聽著陳瀛這一番話，他眉目間也無甚驚訝，只道：「正是因為鄭尚書年將乞休，摺子都下來了，半截身子入土的人，顧慮比旁人要少，才敢做出這種事來。換了旁人或恐還要擔心頭上頂戴，腰間印綬。聖上雖然惱怒，卻也得防著天下悠悠眾口，不至於對鄭尚書怎樣。」

這一番話跟沒說有什麼區別？

陳瀛當然知道鄭尚書這老頭子為什麼這麼敢說。

可……

他有些為難模樣，望著謝危道：「可鄭尚書都被收監了，難道還能放出來？」

謝危一笑：「這就看陳大人以及刑部的舊屬了。」

陳瀛若有所思。

謝危淡淡道：「聖上這人也念舊情，鄭尚書半生為朝廷鞠躬盡瘁，在內閣議事之時公然觸怒聖上，若不將其收監，人人得而效仿，天子威嚴何存？可人有時候上了臺階也缺個臺階下。且陳大人等刑部同僚，都是鄭尚書昔日下屬，鄭尚書行事如何，有目共睹。人情淡薄冷暖，都在這一念之間。」

官場上行走，誰人不願趨利避害？

純憑著「仁義」二字，根本走不遠。

陳瀛便是向來不管旁人死活，只一心琢磨著上面人是怎麼想，聽過謝危此言，心頭便是微微凜然，明白了謝危言下之意：皇帝固然把鄭尚書下了大獄，可也想看看朝堂上其他人對這件事的反應；且鄭尚書乃是他的上司，他當了鄭尚書多年的下屬，連這侍郎之位都是鄭尚書提拔上來的，若在此時落井下石，旁人興許嘴上不置喙，背地裡未免覺得他冷性薄情，暗中疏遠；更何況新的尚書顧春芳即將上任，只怕也要看看手底下這幫人的品性。

新官上任三把火。

焉知這火不燒到自己身上？

陳瀛一念及此，已是通透了，也知謝危很快便要入宮授課，不敢有太多叨擾，起身來便長身一揖，恭敬道：「下官再謝先生指點。」

謝危平淡得很：「陳大人心思縝密，假以時日也必能想到的，言重了。」

陳瀛卻知道這話不過是客氣。

所謂「假以時日」，便有早晚，有些事情不早點做便是錯。而謝危最厲害的，或恐便是在一切剛發生的時候便洞察縱觀，心中有數，執棋在手，運籌帷幄。

他一笑，也不反駁，再次躬身，才告了辭。

侍立在旁的劍書在他經過時略一欠身，可等目送著此人的身影在回廊盡頭消失後卻是緊皺了眉頭，向謝危道：「這位陳大人做人可真是精明，萬事都要問明瞭再走，事事都來請教您，一則是他的確謹慎，二則只怕也有向您示好之意，按說該是對先生唯命是從了。可上回宮裡那件事，他辦得卻不妥當。您交代的分明是他，可宮裡來人到刑部請時，他卻帶了個查案厲害的清吏司主事張遮。明擺著是兩頭不想得罪，既想要辦了您交代的事，但也不想牽扯其中，像顆隨時會倒的牆頭草。」
說的是寧二被陷害那件事。
這許多年來人心之惡謝危已看遍了，倒不感到有什麼意外，陳瀛這般做在他意料之中，不這般做可才是出乎他意料，反倒要讓他思考思考，是不是自己有什麼問題。
畢竟天下有誰能不權衡利弊呢？
是以他只道：「此人可用不可信，我心裡有數。」
說罷，他將手中茶盞一擱，起了身來，從這平日待客的廳中走回了自己的斫琴堂。
堂中竟然有人。
若是陳瀛方才到此見了，只怕會要忍不住起疑：這樣一個大早，京中幽篁館的館主怎麼會出現在此地？
呂顯昨日留宿在謝府，剛睡醒沒多久，正打著呵欠糟蹋謝危的好茶。上好的大紅袍已沏了三泡。
瞧見謝危進來，他便笑：「回來得正好，還能趕上一泡好的。那陳侍郎打發走了？」
謝危卻是走到那面空無一物的牆壁前，站定了，抬手掐緊自己的眉心，眼角顯出一絲不易見的疲倦，道：「皇帝忌憚的便是侯府，厭惡的也是侯府。有誰上來為侯府說話，都是在皇帝的脊樑骨上戳了一下。他或恐不會對這幫朝臣如何，可這筆賬卻要記到侯府的頭上。」
呂顯眼皮一跳：「鄭尚書不是我們的人？」

謝危微微垂眸：「有人非置侯府於死地不可。」

自平南王逆黨在京中現身一事之後所發生的種種都從他腦海裡浮出來，一件一件，越發清晰。

只是越清晰，那一股在胸臆中湧動的戾氣便越重。

他輕輕地張了手指，搭住自己的眼簾，也搭住自己半張臉，忽然喚道：「劍書！」

劍書隨他一道到了斫琴堂，但未進門，只是在門邊候著，立時道：「在。」

謝危道：「立刻著人往豐台、通州兩處大營，盯好各條驛道，送出的不要緊，凡有送信入城者一律截下，連入城之人都不要放進去一個！若有想通傳勇毅侯府出事消息之人，能抓都抓，不能抓都殺。」

這聲音已是冰冷酷烈。

呂顯聽得心頭一寒。

劍書領命將去，可遲疑了片刻，卻猶豫著問道：「若，若想入城的是教中人……」

「……」

謝危搭在面上的手指慢慢滑了下來，眼角眉梢上沾染著的刀兵之氣卻漸漸寒重，沉默了許久，才低沉地道：「一律先殺。」

晨霧浮蕩在院落之中。

斫琴堂內尚有茶香氤氳。

然而這一刻的劍書只覺深冬凜冽的寒氣已提前侵染加身，鑽進人骨頭縫子裡，不知覺間已是一片肅殺！

他深深望了謝危幾眼，可終究知道事到如今，這件事在謝先生這裡已經毫無轉圜餘地，是以收斂所有心神，躬身領命退了出去。

呂顯卻是久久回不過神來。

他打量著謝危，難得沒有平日玩笑的輕鬆：「教中情況，已經不堪到這境地了嗎？」

謝危閉上了眼道：「他年歲漸高，等不得了，且公儀丞素來與我不對付，我上京後，金陵之事便鞭長莫及，他若不趁機算計，倒墮了他威名。世不亂，教不傳。勇毅侯府治軍甚嚴，在百姓中多有盛譽。一朝設計逼得侯府陷入絕地，引皇帝忌憚出手除之，便可令朝廷失民心，如此天教才可捲土重來。何況勇毅侯府掌天下兵權三分，豐台、通州兩處大營皆有重兵駐紮，向為侯府所率。若有人借此機會傳遞消息煽動軍心，引得軍中譁變……」

此為君王大忌。

屆時無論勇毅侯府是否清白，只怕都難逃九族誅滅之罪！

這一點，呂顯也能想到。

只不過……

他其實想說，若勇毅侯府當真出事，未必不是好事一件。畢竟朝廷失卻民心，皇帝失卻臣心，豐台、通州兩處大營的兵力更可趁機拉攏，只要將還侯府清白、討伐昏君的旗號一打，原勇毅侯府之舊部或許便會來投。

如此，犧牲一個侯府，卻能換來大局。

可在謝危這裡，事情好像非同尋常。

他不知其中利害，也不敢妄言，是以看了謝危許久之後，終究沒有出言說什麼，只是道：「你把刀琴派哪裡去了？我打聽得今日那尤芳吟要見任為志，正缺個人探聽探聽。」

謝危瞥他一眼皺了眉：「刀琴沒空。」

呂顯頓時瞪眼。

謝危淡淡提醒他：「你對尤芳吟之事未免太執著了些。」

呂顯渾然沒放在心上，嗤了一聲，頗有些斤斤計較：「我呂照隱考學入仕輸給你謝危便已經夠丟人了，從商這一道苦心鑽研，自問拿捏時機、算計人情都是上乘。總歸你謝危不可能從商，我便沒想過誰還要在此道壓我一頭。生絲那一回，卻被人捷足先登。這口氣是你能忍？」

謝危面無表情：「我能。」

呂顯：「……」

這他娘還能不能好好聊天談事兒了！

他有心想要反駁，可細細一琢磨謝危這些年過的日子，又沒那底氣開口，終究把手一擺，氣道：「不管了，人你不借就不借，我還不能自己去查了嗎？小小一個尤芳吟，我呂照隱手到擒來！」

說罷把端著的那盞茶一口喝乾，徑直從斫琴堂走了出去。

謝危也不攔他。

呂顯走到院門口之後回頭一看，姓謝的已經又在面壁了，不由暗罵了一聲：「奶奶的，還真不攔老子一下！好，夠狠。這回非要把事兒辦漂亮了，叫你瞧瞧！」

罵完便哼了一聲，把手一背，扇子一搖，就上了街。

蜀香客棧還是那老樣子。

呂顯琢磨著先去找任為志聊聊，也好探探口風，看看還有誰想要入這股。可沒料想，他前腳才跨進客棧門，後腳一抬頭就看見了站在那邊正同掌櫃說話的尤芳吟。

好嘛，冤家路窄。

聽聞最近任為志又收到了一筆錢，呂顯暗中查過，竟然來自清遠伯府，似乎還是後宅裡的尤二姑娘出的。

而那段時間，他正好在這客棧中看見過尤芳吟。

這一下，他倒有點不明白起來。

難道上一回生絲的事情，的確是伯府在背後主導，這微不足道的庶女不過是伯府派出來的一個小卒？

想到這裡，呂顯面上便掛上了笑意，一襲長衫穿在身上倒是頗為斯文，竟上前主動向尤芳吟拱了拱手，道：「上回便在此地遇到過姑娘，聽聞姑娘也與任公子有往來，今日緣分到了，又打個照面。在下今來也找任公子，不如同去？」

尤芳吟頓時一怔。

她如今還住在牢中，上回尤月和她一起進衙門的事情也不是什麼光采的事，是以尤府根本沒有往外聲張。而她則等尤月已經入宮之後，才挑了個合適的日子，請周寅之將自己放了出來，準備辦姜雪寧交代給自己的事情。

遇到呂顯，她沒想到。

更沒想到對方竟然主動上來搭話。

呂顯見她半天不說話，試探著又問了一句：「姑娘？」

尤芳吟這才回神，卻是拘謹且慎重，既不知此人身分底細如何，更不知此人是何用意，更何況她今日見任為志，還有別的事情想說，並不方便旁人在場。

所以她垂下頭道：「我與您不熟，還是自己去吧。」

「……」

呂顯生意場上打滾久了，很久沒聽過誰用這麼直白的理由拒絕自己了。

不熟……

他笑容有些僵硬：「姑娘說得也是。」

尤芳吟便低垂著眉眼，也不敢多言，只向他一躬身算是道了個禮，便謝過旁邊的掌櫃，埋著頭往樓上去了。

呂顯只好在下麵看著。

尤芳吟越往上走，越是緊張，待到得任為志門前，才深吸了一口氣閉上眼定神，再睜開眼時已經一片堅定，叩門道：「任公子在麼？」

任為志這些日來都在客棧裡。

因為已經有錢進來，有人願意出錢入乾股，他回到四川重振家中鹽場的希望漸漸有了，是以這些日來看著，已經不那麼憔悴，眉眼裡也多了幾分神采。

乍見之下，竟依稀有些豐神俊朗。

他笑著請尤芳吟入內：「昨日通過消息後便沒出門，專在這裡等候，沒想到尤姑娘來得這樣早。」

尤芳吟入內坐下。

她徑直從袖中掏出兩樣東西來，擱在桌上：兩張共一萬兩的銀票放在左邊，一頁薄薄的寫有生辰八字的紙箋放在右邊。

任為志一看之下都愣住了。

他道：「尤姑娘今日……」

尤芳吟道：「我來出錢入股。」

任為志心頭頓時一跳，幾乎立刻想說有這一萬兩便差不多夠了，可再一看尤芳吟神情，似乎不那麼簡單，略一遲疑，便沒出聲。

果然，尤芳吟道：「不過我有兩個條件。」

任為志肅容道：「姑娘請講。」

尤芳吟在他對面端端地坐著，道：「第一，我所出錢入的乾股，訂立契約時需寫明可以轉手他人，而你無權干涉。」

任為志眉頭頓時一皺，但隨即又鬆開。

他道：「旁人出錢已經很難了，姑娘肯出錢，錢到了我手裡，便可投入鹽場。乾股將來如何分紅，於我而言都無差別。雖然生意場上似乎未有先例，但也未嘗不可。」

這是答應了。

尤芳吟點了點頭。

任為志道：「那第二呢？」

尤芳吟兩手交疊在身前，微微一垂眼，默然了片刻，才抬首來，直視著他，道：「第二是，娶我。」

任為志：「……」

坐在尤芳吟對面，看著這眉清目秀的姑娘，他驚呆了。

呂顯這人什麼都好，智計也是一流，就是脾氣略壞。萬事不想居於人後。

謝危離府入宮之前，想想還是吩咐了剛回來的劍書一句，道：「呂照隱行事離經叛道，且京中大局正亂，哪裡有空去管什麼尤芳吟。刀琴回來還是暫聽呂照隱使喚，免得他成日掛心，不務正業。」

劍書笑起來，應聲：「是。」

謝危這才放下車簾，乘車入宮。

今日雖有課，但既無經筵日講，也不大起朝議，所以入宮的時辰稍遲。

他到奉宸殿時，翰林院侍讀學士王久剛講過書法離開。

眾人正自休息玩鬧。

周寶櫻悄悄從殿裡溜了出來，藏身在那粗粗的廊柱後頭，臉上掛著笑，兩眼亮晶晶地從自己袖中拿出了個小小的油紙袋。

裡頭鼓鼓囊囊的，裝著東西。

她小心翼翼地打開來，數了一遍，便嘆了口氣：「越吃越少，可也不能叫寧姐姐再分給我一點，那也太過分了……」

謝危走過來時瞧見這一幕，因大約知道周大人家的這小姑娘甚是愛吃，本也沒留心。

可下一刻周寶櫻竟從那油紙袋裡拿出來一瓣桃片糕。

謝危腳步便停下了。

周寶櫻方吃了一口，低垂著的眼忽然看見前方臺階下出現了一片蒼青道袍的衣角，便忽然一僵，目光順著這一片衣角抬起，就看見謝危站在她面前。

她嚇得立刻把嘴裡還叼著的半截兒桃片糕拿了下來。

整肅地向謝危問好：「謝先生好。」

謝危的目光落在她手中，也落在那油紙袋上，溫和地朝她笑了笑：「宮中昨日也做了桃片糕嗎？」

他眉眼清雋，笑起來更如遠山染墨。

周寶櫻一下不那麼緊張了，雖除了上學之外皆與謝危無甚接觸，可莫名覺著謝先生是個隨和人，於是也笑了笑，很是開心地道：「好像是沒有做的，不過寧姐姐那邊有，我的桃片糕就是寧姐姐給的，可好吃了！比宮裡以前做的都好吃，還比蓉蓉上回帶來的好吃！」

謝危平和地注視著她：「這麼好吃嗎？」

周寶櫻用力點頭：「當然！」

她看了看謝危，又看了看自己油紙包裡所剩不多的桃片糕，想起父母之訓，咬了咬唇，似乎才下定決心，將打開的油紙袋向謝危遞過去：「您要嘗嘗嗎？」

謝危唇邊的笑意深了些，道：「那便嘗嘗。」

他抬手便將那紙袋拿了過來。

周寶櫻頓時睜大了眼睛，看著自己空空如也的小手，小嘴也微微張大，似乎想要說點什麼。

謝危輕輕道：「怎麼？」

這一瞬間一種奇怪的寒意從背後爬了上來，周寶櫻看著眼前這張含笑的臉，竟不知為什麼想起了寺廟裡畫在牆上的那些閻府妖魔。

可這也是一瞬間的錯覺。

她有些茫然起來，有心想說「我只是請您拿一片嘗嘗，不是全要給您」，可話到嘴邊，被謝先生這般和煦清淡的目光注視著，她又不好意思說出口，只能撓了撓自己的腦袋，有些不舍地道：「沒什麼。」

謝危便用修長的手指拎著那紙袋，轉過了身。

在背過身去的那一刻，所有的表情都從臉上消失。

他進了偏殿。

外頭的小太監立時進來布置茶具，置爐煮水。

謝危把這裝著桃片糕的紙袋放到了桌上，靜坐許久。

小太監躬身道：「少師大人，今日御膳房有做新的糕點，還是叫他們不用送來嗎？」

謝危斂眸沒有說話。

小太監有些戰戰兢兢。

過了許久，謝危才一指桌上擱著的那紙袋，平靜無起伏地道：「往後都不用備，把這東西扔掉吧。」

（待續）

國家圖書館出版品預行編目資料

坤寧 / 時鏡作 . -- 初版 . -- 臺北市 : 臺灣角川股份有限公司 , 2023.04-
冊 ; 公分

ISBN 978-626-352-504-7（第 3 冊 : 平裝）

857.7 112003068

坤寧 三

2023 年 4 月 27 日 初版第 1 刷發行

作者　時鏡

發行人　岩崎剛人
總監　呂慧君
編輯　陳育婷
設計主編　許景舜
印務　李明修（主任）、張加恩（主任）、張凱棋

台灣角川

發行所　台灣角川股份有限公司
地址　104 台北市中山區松江路 223 號 3 樓
電話　(02) 2515-3000
傳 真　(02) 2515-0033
網址　http://www.kadokawa.com.tw
劃撥帳戶　台灣角川股份有限公司
劃撥帳號　19487412
法律顧問　有澤法律事務所
製版　尚騰印刷事業有限公司
ISBN　978-626-352-504-7

原著書名：《坤寧》由北京晉江原創網絡科技有限公司授權出版。